AF143394

A mes grands-parents,

A Pierre,

A Sandrine,

A Maman,

A Jean,

A Marie-Thérèse,

A Laurent, l'étoile qui ne s'éteindra jamais,

A Sébastien, pour son amitié authentique,

A Corinne pour son courage,

MONTAZEAUD Laurent

INITIALES M.M.

ROMAN

Edition : Books on Demand,
12/14 Rond-Point des Champs-Elysées, 75008 Paris
Impression : BoD - Books on Demand Norderstedt, Allemagne
ISBN : 9782322085699
Dépôt légal : septembre 2017

On ne pouvait pas appeler Franck Nelson, une petite frappe. Ce n'était pas non plus un caïd. Juste un voyou. Il effrayait certains, rassurait d'autres et était ignoré par la plus grande majorité du Milieu.

Sa plus belle fulgurance, en matière de banditisme, était le braquage d'une B.N.P. à Marseille. Un hold-up réussi avec brio. Pas de victime. Pas d'otage et 500 000 euros net d'impôts à la clef. Toute la presse en avait parlé.

Malheureusement, une balance parmi ses complices, lâcha le morceau et Franck écopa de 5 ans ferme. Il n'eut pas le temps de planquer le magot et se retrouva toujours aussi sec, côté fraîche : pauvre comme Job.

Pendant sa détention, il rumina longuement sa vengeance. Mais cette attitude ne servit à rien puisque le *cafard* décéda avant sa sortie.

Après avoir recouvré la liberté, on lui proposa un tas d'insignifiants boulots de réinsertion. Parlant-en de la réinsertion ! Un mot bidon dans le baragouinage de l'univers de la zonzon. Des tafs de peintures, de maçonneries, de bricolages qui devaient déboucher sur un emploi stable. Mais, hélas, rien ne se concrétisait.

Alors Franck alterna les périodes de R.M.I. et petits chantiers.

Cette situation dura pendant plusieurs mois. 16 exactement. Puis cette histoire de meurtre lui tomba sur la couenne. On l'accusa *illico presto* d'avoir refroidi son beau-père, Henry Norton dit Riton, qu'il ne portait pas dans son cœur. Franck niait farouchement toute implication dans ce drame. Il ne fallait pas confondre dégoût et haine inaliénable. Franck Nelson n'avait jamais commis de crime de sang. Âgé de 35 ans, il avait une certaine éthique du *métier* de voyou. Contrairement aux sauvageons en meutes de ce siècle naissant, il ne se permettait pas tout pour parvenir à ses fins. Une déontologie qui ne subsistait que dans le cortex de vieux brigands de grands chemins.

Pour Franck, on devait s'apitoyer sur une proie à sa taille. Le jeu devait en valoir la chandelle.

Depuis 6 mois, Franck se retrouvait en préventive. Il clamait son innocence mais personne ne l'écoutait. D'ailleurs, il s'était exprimé si fortement qu'il avait pris 15 jours d'isolement ! L'administration des matons lui avait octroyé d'office un baveux. Celui-ci semblait aussi à l'aise qu'un poisson que l'on vient de pêcher et qui se soubresaute l'œil vitreux, la bouche cinglante sur l'herbe, un après-midi d'été. L'avocat, en trois pièces couleur écaille, lui conseilla de plaider coupable pour limiter la casse.

Aussi, Franck l'expédia *manu-militari* hors de la geôle à coups de pied dans le derche.

Quand il regagna sa cellule et ses deux compagnons de captivité, l'un d'eux, André Tronchet dit Dédé la Tronche, lui proposa de prendre contact avec mes zigs. Je connaissais Dédé parce qu'il avait fréquenté le même café-PMU que moi. Tronchet était un escroc qui avait plusieurs condamnations pour recel à son casier. En fait, il était plus bête que méchant. Il ne savait refuser un business même douteux et croyait toujours faire l'affaire du siècle. A certaines périodes de l'année, sa crèche ressemblait à chez Darty !

Dédé rencarda Franck sur mon compte, en lui expliquant que j'étais un ancien turfiste professionnel plein de blé et que je faisais des enquêtes pour les victimes d'injustices.

Pour tout dire, c'était mon souhait le plus cher mais aucune affaire ne m'avait été confiée jusqu'à ce jour ! L'oseille n'était pas ma motivation. J'en avais plus que ma descendance pourrait en dépenser pendant des siècles et des siècles. Amen ! Inconsciemment, je souhaitais certainement être reconnu par la société.

J'appris par la suite, que Franck Nelson, trouva cette idée saugrenue. Pour lui, les dés étaient pipés et il croyait que la justice lui ferait payer ses précédents méfaits.

Toutefois, il rédigea une lettre à mon intention. Il mit en berne sa fierté, qui était l'un de ses principaux défauts, et aligna maladroitement des mots sur le papier quadrillé. Peu sûr de lui, il fit relire son courrier à Paul Lagache, dit Paulo, le plus intellectuel des trois taulards.

Celui-ci était à l'ombre pour fausses factures et délits d'initiés, et passait en jugement très prochainement. Paulo était persuadé de n'être condamné qu'à du sursis et se préparait à demander réparation auprès des tribunaux pour sa peine d'incarcération préventive et abusive !

Après avoir longuement écouté Franck lui narrer ses déboires, Paulo écrivit une lettre chiadée mais ferme. Il n'était pas question de baisser son froc devant quiconque mais d'attirer l'attention.

La missive fut remise au courrier le jour même. Elle me parvint dix jours plus tard…

Quand Franck me vit la première fois au parloir, il me reluqua avec insistance, les yeux mi-clos tel un félin prêt à l'attaque dans la savane. Ce fut moi qui engageai la conversation. Je le mis en confiance en lui parlant de son courrier et de mon intention de l'aider.

Alors il m'avoua qu'il était surpris par mon allure. Il s'attendait à un gugus vêtu en complet trois-pièces, un attaché-case et une paire de gants en cuir véritable et une Rolls Royce garée sur le parking des visiteurs de la maison d'arrêt avec chauffeur.

Après cette mise au point, il ne s'encombra pas en palabres et entra directement dans le vif du sujet :

Henry Norton, son beau-père avait été refroidi par deux bastos de gros calibres. En pleine poire. Il était l'accusé numéro 1. Jocelyne, sa mère et la femme de Henry, était encore sous le choc. Elle venait le visiter chaque semaine.

Riton et Franck n'avaient jamais pu s'encadrer. Ils étaient comme chien et chat. À de nombreuses reprises, ils faillirent se maraver la tronche mais l'intervention de Jocelyne avait calmé les esprits.

Pour Franck, l'école n'avait jamais été sa tasse de thé et c'était pour cette raison qu'il n'avait aucun diplôme en poche. C'était regrettable puisqu'il faisait ce qu'il voulait de ses paluches et obtenir un C.A.P. en apprentissage aurait été à sa portée.

Riton avait un fils d'un premier mariage, Ryan. Il avait deux ans de moins que Franck. Ces derniers s'entendaient comme larrons en foire. Jocelyne ne fit jamais de différence entre les deux garçons et éleva Ryan comme son propre fils.

Aujourd'hui, Ryan était ingénieur en informatique et avait suivi un cursus universitaire long et sinueux. Franck s'était fichu souvent de lui. Pas pour le décourager mais pour blaguer.

- Tu sais, tu seras obligé de te marier avec une prof au minimum parce que tu as trop de connaissances et une femme de ménage ne pourra jamais te comprendre !

Riton était fier de la réussite de son rejeton et ne se gênait pas pour le placer dans une conversation.

Entre Franck et Ryan, une authentique fraternité s'était bâtie. Franck acceptait Ryan et l'appelait *mon frère.* Par contre, il refusait catégoriquement l'autorité de Riton et la considérait comme illégitime. Même si son géniteur les avait abandonnés sa mère et lui à sa naissance, il lui portait plus d'affection qu'à Henry Norton.

Franck savait que Ryan avait une frousse maladive de son père alors il prenait tout sur lui quand son frangin faisait une incartade.

Quand il fumait en cachette dans sa chambre ou lorsqu'il faisait le mur et allait voir les filles. Franck jouait le rôle de coupable.

Le dimanche matin, c'était le réveil à huit heures pour tout le monde. Sept heures la semaine. C'était le règlement imposé par Riton. Seul, Ryan avait la permission de midi, le Jour du Seigneur. D'ailleurs, souvent, Riton narguait Franck en lui disant : *Seuls, les braves ont droit au repos.*

D'ailleurs Riton avait eu droit au repos éternel !

Franck n'ajouta pas un mot de plus et se retira en cellule.

Devant mon petit noir matinal, au comptoir de *Le rouge est mis*, je méditais sur l'histoire de Franck Nelson. C'était vrai que j'étais amateur de polars et d'intrigues policières, mais entre une passion et entrer dans la peau d'un enquêteur, il y avait une marge. A cette minute, je compris que cette mission m'effrayait. Pourtant, j'avais donné ma parole. Et la parole dans ma Corrèze profonde, c'était sacré ! Jadis quand deux paysans concluaient une affaire, ils se serraient la pogne et cette poignée de dextres valait plus cher qu'une signature en bas d'un contrat ! En clair, je m'étais engagé auprès de Franck Nelson et il n'était pas question de revenir sur cette promesse.

Je doutais de mes capacités et cela n'était pas la première fois que cela m'arrivait. Quelques heures avant de cocher les chiffres 3. 7. 2. 4. 8. au Quinté + qui me rapportèrent le pactole, j'avais hésité longuement.

La veille dans la nuit, j'avais rêvé de ces chiffres et une voix m'intimait l'ordre de miser 100 fois sur eux. Je pris alors cinq tickets de quinté et misai 20 fois sur chacun d'eux. Le destin fit le reste. Il les plaça dans l'ordre d'arrivée que j'avais coché. Résultat des courses : 12 millions d'euros cash ! Deux toquards s'étaient glissés parmi les gagnants. Personne ne s'était risqué sur leurs casaques. Mon intuition avait vu juste.

Avant toute chose, je pris la décision de m'informer sur le meurtre de Henry Norton.
- Dis-moi Robert, ton fils est dans les parages ?
- Ouais. Attends, je l'appelle. Xavier, tu peux venir !
Aussitôt un gamin mince apparut de derrière le zinc. Il portait un tee-shirt de South Park et des lunettes cerclées à la John Lennon.
- Xav, tu peux me rancarder sur une affaire criminelle. L'assassinat de Henry Norton dit Riton qui a eu lieu, il y a 6 mois dis-je simplement.
- Cela ne me dit rien mais je vais interroger ma bécane. A plus
Alors il disparut.
À l'étage, Xavier avait aménagé une pièce, spécialement consacrée à sa passion : l'informatique. À 20 ans, il tripatouillait de l'électronique depuis 5 ans déjà et dépeçait toutes les unités centrales qu'il trouvait. Il m'avait expliqué que la technologie évoluait si rapidement que tous les six mois, il était

contraint de jeter un œil dans les entrailles des ordis.

Trente minutes plus tard, il réapparut avec une brochure à spirale d'une dizaine de pages.

- Voici, ce que j'ai pu glaner. Je t'ai rajouté les numéros de téléphones fixes et portables de tous les intervenants de l'affaire.

- Merci !

- Ne soit pas surpris ! Il y a une paye que j'ai forcé les mystères de protection de France Télécom et des autres sociétés de téléphonie. Du gâteau ! D'ailleurs, il faut que je fasse une mise à jour pour ce trimestre !

Sur la documentation, tu as les articles des journalistes régionaux qui se sont penchés sur le meurtre. En dernière page, je t'ai fait une synthèse.

Excité d'en apprendre davantage sur Franck Nelson et sa famille, je rentrai chez moi et mis *Les noces de Figaro* sur ma platine laser. Mozart était entré dans ma vie alors que ma femme et mon fils en étaient sortis. Enfin, concernant ce dernier, nous nous voyions pendant les week-end et les vacances scolaires.

Une complicité certaine s'était établie entre nous. A 9 ans, Simon me faisait découvrir un monde moderne dont j'ignorai tout.

Sarah, ma compagne, m'avait quittée parce qu'elle ne supportait plus mes errances sur les champs de courses.

À la naissance de Simon, j'avais décidé de me consacrer à ma danseuse dévorante : les courses de chevaux, pourtant incompatibles avec la vie de famille.

Le soir où Sarah m'appela pour m'apprendre qu'elle ne rentrerait pas avec Simon, j'en restai le sifflet coupé. Il était 23 H 00, je revenais de l'hippodrome.

Quand je traversai l'appartement, je constatai qu'effectivement tous les placards avaient été vidés. Le plus douloureux et impressionnant fut l'absence de Simon. Je redoutai sa chambre déserte de sa présence mais remplie de certains de ses jouets. Son odeur y planait encore. Ce que j'avais attendu depuis plusieurs mois, arriva enfin : la séparation de mon couple. Ce dernier périclitait depuis un certain temps et la lâcheté m'empêchait de rompre. Sarah, elle, trouva la force.

Ce fut, ce jour-là que j'ouvris pour la première fois, cette intégrale de Mozart que Sarah m'avait offerte à Noël, six mois plus tôt.

- J'espère qu'elle t'inspirera pour tes prochains quintés ! plaisanta Sarah, ce 25 décembre là, pour cacher sa lassitude qui grandissait face à mes obsessions des jeux de dadas.

Pour tout dire, la musique classique me gonfla sévère jusqu'à l'âge adulte. Dès le début de ma scolarité, mes profs avaient tenté de nous inculquer les notions élémentaires du classique à mes petits camarades et à moi-même, en nous faisant écouter les grands compositeurs des siècles passés. Mais en vain.

Et puis un jour, on a besoin de réconfort et de bande originale pour notre existence, la grande musique s'impose à vous alors.

Ce soir-là, en épluchant le dossier préparé par Xavier, Ludwig Amadeus m'aida à y voir plus clair.

Le lendemain, je me rendis au commissariat de pour y rencontrer le commissaire Philippe Bouvard, homonyme de l'animateur caustique des *Grosses Têtes*, écrivain et diariste hors pair, qui avait couvert l'affaire du meurtre de Henry Norton.

Je dus batailler ferme pour arriver jusqu'à son burlingue. Il daigna me recevoir mais à la condition que j'expose clairement et brièvement l'objet de ma visite.

C'était une réalité. Ce Philippe Bouvard ne possédait aucun point commun avec la célébrité. Grand, maigre comme un clou, avec un tarin à la Gainsbourg, il effrayait son interlocuteur quand il fronçait les sourcils à la Emmanuel Chain !

- Alors, que me voulez-vous ? s'agaça Bouvard. Mes collègues m'ont dit que vous vouliez absolument me rencontrer. Je suis là ! Vous avez cinq minutes. Soit 300 secondes. Top, c'est parti !

- Je suis Marc Montgibaud. Je suis…suis. Enfin, j'enquête sur le meurtre de Henry Norton, à la demande de Franck Nelson et je voudrais…

- Cela, ne m'étonne pas ! C'est l'auteur de ce crapuleux assassinat avec préméditation ! me coupa le flic en s'étendant de tout son long sur son siège pivotant.

Vous êtes un privé ?

- Non. Pourrais-je obtenir une copie de …

- On croit rêver ! Votre client, enfin, Franck Nelson a été incarcéré à la suite de la longue investigation que j'ai menée en fin d'année dernière. Pourquoi trahirais-je le secret professionnel alors que vous n'êtes qu'un citoyen lambda ? Mon vieux, pliez vos gaules et déguerpissez d'ici !

Aussitôt, je compris que je ne tirerai rien de cet imbécile armé et regrettai que ce dernier n'ait point l'humour de son paronyme célèbre.

Pas démonté pour autant, je roulai en direction de chez madame Jocelyne Norton, jeune veuve. Maintes et maintes fois réparé, mon tricycle semblait accepter les quelques dizaines de bornes que je lui obligeai à parcourir sans fléchir. La bâtisse, en meulière qu'occupait Jocelyne, était absolument propre et entretenue. Le ravalement semblait être récent. Cette maison se situait dans un quartier résidentiel.

En cette période hivernale, plusieurs hellébores ou roses de Noël s'épanouissaient dans le jardin.

Une mini-barrière de bois officiait comme portail. Aucune sonnette ou interphone n'étaient à la disposition d'un visiteur éventuel. Au-dessus de la fente de la boîte aux lettres était inscrit sur un carton *pas de pub*.

Sans gêne, je frappai à la porte d'entrée, équipée d'un verre cathédrale en son centre. Immédiatement, je vis une ombre éclore à l'intérieur.

La porte s'ouvrit sur un entrebâilleur.

- Que puisse-je faire pour vous ? m'interrogea une femme.

- Je me présente Marc Montgibaud et je voudrais parler à madame Jocelyne Norton.

- Je n'ai besoin de rien…

- Je viens concernant le décès de votre mari.

Subitement, la quinquagénaire finissante se pétrifia sur place.

- J'espère que je ne vous ai pas choqué. J'ai été envoyé par votre fils Franck. Mais peut-être, souhaitez-vous que je repasse ?

- Vous voulez de l'argent ? Parce que n'y comptez pas ! Franck est innocent, je le sais. Mais je n'y peux rien. Entre ses quatre murs, il doit perdre la boule et c'est pour cela qu'il vous a engagé par désespoir.

- Non, madame Norton parce que je travaille gratuitement. Cela peut paraître fou mais c'est vrai.

Jocelyne me dévisagea de la tête aux pieds, hésita un instant puis ferma la porte, dégagea le cran de sûreté puis m'ouvrit.

- Entrez, je vous en prie.

Jocelyne était une fine femme, coquette, approchant de la soixantaine, rouge à lèvres et mascara à outrance. Avec une splendide chevelure peroxydée blonde qui allait avec. En se déplaçant dans le vestibule, elle me fit partager son parfum en pleine truffe.

L'intérieur de la maison était classique mais spacieux. Je constatais qu'une personne inspirée avait apporté une touche à la décoration.

Avec l'accord de Jocelyne, je pris place sur un canapé moelleux en forme de L. La maîtresse de maison me fixa en allumant une cigarette.

- Vous savez depuis le…départ de Riton, c'était le surnom de mon mari, ma vie est un véritable enfer. Il s'occupait de tout dans la maison. Nous nous complétions parfaitement. Je suis plutôt gestionnaire et procédurière.

Pour en venir à Franck, je sais qu'il est innocent.

- Justement, je veux vous aider. Je vais reprendre l'enquête à zéro. Faites-moi confiance !

- Mais à quoi cela va-t-il servir ? Le procès est prévu pour dans un mois et la justice est persuadée de la culpabilité de mon fils. En plus, nous n'avons pas les moyens de nous payer un avocat convenable.

- Pour les questions d'oseille, d'argent, pardon ! Je m'en occupe.

- Et en quel honneur ?

- Mon côté Robin des Bois, sans doute ?

- Ne vous fichez pas de moi. Rien n'est gratuit dans la vie.

- J'ai une dette envers le destin. Mais si vous refusez que je vous aide, je n'insisterai pas. Seulement, vous l'expliquerez à Franck qui y croit lui.

- D'accord, d'accord !

- Pour commencer, racontez-moi votre vie de famille et les fréquentations de monsieur Henry Norton.

Jocelyne décroisa ses gambettes et alluma une autre tige. A cet instant, elle se mit à me déballer toute son histoire. J'étais persuadé qu'au fond d'elle, cela lui faisait du bien. Une sorte de catharsis.

Elle débuta son récit par les journalistes qui leur étaient tombés dessus à bras raccourcis. *C'est dingue ce qu'un article dans un journal régional peut déclencher comme catastrophe* soupira-t-elle en expectorant la fumée de sa cigarette. Elle perdit beaucoup d'amis ou plutôt de connaissances. *Pour certains, connaîtrent une famille à problèmes, c'est une tare pour leur intégrité. Leur conscience leur ordonne d'abandonner ces malheureux à leur sort et à continuer à vivre de manière exemplaire* ironisa-t-elle les yeux mouillés.

D'après elle, Franck et Riton ne s'aimaient pas mais pas au point de s'entretuer. Henry disait souvent que Franck finirait par se soumettre à son autorité. Il voulait juste du respect. Qu'il soit reconnu comme le mari de Jocelyne. Mais Franck était obtus.

Pourtant leur rencontre avait débuté sous de bons auspices avant que la famille recomposée ne se rassemble. Franck appréciait le côté jovial, inventif et original de Riton. Ce dernier lui apprit un tas de bricoles comme confectionner des objets inutiles en bois ou en papier. Réparer une cassette audio ou vidéo qui s'était rompue en passant du vernis à ongle sur la bande magnétique. C'était le pied pour un gamin de 13 ans.

Ryan participait également à ces jeux ludiques mais c'était l'intérieur des transistors et des télévisions qui l'intéressait le plus.

Tout changea dans leur rapport, quand Riton et Jocelyne décidèrent de crécher ensemble.

Jusqu'alors, Henry et Ryan louaient un appartement en ville. Dans un quartier mal famé. Henry était au chômage depuis un an. Décorateur d'intérieur, il s'était blessé à la paluche et son tôlier du moment l'avait *remercié* crapuleusement. Pour dire la vérité, Riton et son fils vivotaient. Ryan était orphelin de mère. Cette dernière, Joy avait été l'une des premières parachutistes professionnelles en France. Malheureusement, un saut lui coûta ses jambes. Paraplégique, elle se noya dans sa piscine privée, une journée d'été. Comme Henry et Joy vivaient à la colle, les parents de cette dernière qui n'appréciaient guère sa compagnie en profitèrent pour le déloger de la propriété acquise par leur fille. Ryan suivit son père et coupa les ponts avec ses grands-vioques. Henry vécut très douloureusement cette situation mais fit en sorte que son rejeton ne manque de rien.

Franck renâclait face à cette cohabitation avec Riton et Ryan. Un week-end par-ci, un week-end par-là, le satisfaisait amplement.

Ce fut dans ce climat d'austérité déclaré que les nouveaux venus *squattèrent* dans la maison de famille dont Jocelyne avait hérité de ses parents. Rapidement, Riton s'imposa comme le chef de famille et les premières embrouilles fusèrent entre Franck et lui. Franck tentait de s'absenter le plus possible de la maison pour échapper à cette ambiance trop oppressante et partait se réfugier chez sa tante Gwladys. Ce ne dura qu'un temps puisqu'elle finit par mettre les choses aux points et ne voulut plus entrer dans leurs salades familiales et conseilla à Franck de regagner ses pénates.

Gwladys était la sœur de Jocelyne. Elles étaient inexorablement complices et complémentaires. Elles se disaient tout.

Le jour où Riton demanda la main de Jocelyne, Gwladys alerta sa sœur sur les bizarres intentions de son prétendant.

Jocelyne la rassura en lui disant que Riton bossait et que sa fraîche entreprise de décoration était florissante. C'était grâce à son salaire que la famille subsistait. Jocelyne ne touchait que quelques centaines d'euros pour les heures de ménage qu'elle effectuait chez des rupins. Une rente d'assurance vie venait arrondir ses entrées d'argent mensuelles.

Jocelyne me sortit une photographie de la cérémonie civile de son mariage. Les seules tronches présentes étaient des amis du couple, à l'exception de Gwladys. Tout ce petit monde semblait ravi sauf Franck qui tirait assurément une gueule longue comme une descente de lit en évitant l'objectif. Le cliché avait déjà 7 ans.

Quand la jeune veuve me proposa de visionner la vidéo de l'événement, je refusai. Cela ne m'aurait apporté rien de plus. Je la remerciai de sa loyale collaboration et m'empressai de la cuisiner sur les fréquentations professionnelles et amicales de Riton.

Après leur mariage, l'attitude de Riton changea radicalement. Il rentrait à des heures indues et se saoulait avec ses potes ou des types du bâtiment *Chez Camille*, un estaminet du centre-ville. Face à cette situation, Jocelyne mit *illico presto* son veto et tout rentra dans l'ordre. L'infarctus du myocarde dont Riton fut victime quelque temps après, le conforta dans son choix de rester éloigné de *Chez Camille*. Il mit ce temps à profit pour mettre à jour la paperasse de sa société.

Après son décès, la police financière n'eut aucune peine à contrôler ses registres et a constaté que son affaire était excédentaire. Aucune créance non-payée ou de problèmes avec la loi. Nada de rabe pour le fisc.

Aujourd'hui, c'était l'un de ses commis, Guillaume Lamy, qui dirigeait la boîte en attendant le procès. Il reprendrait certainement l'enseigne après le jugement.

Maintenant, Jocelyne pleurait sans retenue. Elle me dit que les seuls défauts de Riton, était sa gentillesse…et la bouteille. L'une et l'autre ne faisant pas bon ménage. Parfois, saoul, il promettait la lune à certains de ses clients et le lendemain, sobre, il se rendait compte de la bêtise de ses délires. Alors, il accomplissait pour eux, gratos des travaux d'intérieur, pour se laver de sa honte.

L'alcool pouvait le transformer en un véritable démon. Il était capable de détruire ce qu'il avait mis longtemps à créer. En une seconde, il devenait une tornade incontrôlable. L'ivresse fut la cause de fréquentes disputes avec Franck. Il faut dire que l'adolescent s'appliquait vicieusement à titiller son beau-père quand il était éthyliquement avancé. Cela aboutissait inexorablement à des drames et des injures.

Jocelyne fit également les frais de l'alcoolisme de son mari. Celui-ci lui envoyait des objets à la tronche et l'injuriait copieusement mais juste en l'absence de Franck. Jocelyne taisait ces violences à son fils parce qu'il n'aurait pas hésité à commettre un meurtre pour la venger. Mais uniquement dans ce cas-là. Sans aucune préméditation. Sur un coup de sang.

Quand je l'interrogeai sur l'emploi du temps de Franck, le soir du dézingage de Riton, elle resta évasive.

D'après elle, il trafiquait *on ne sait quoi* avec quelques acolytes mais ne voulait pas les balancer. C'était une question d'éthique.

Je m'enquis alors de l'état de santé de Ryan et de la manière dont il avait encaissé le coup de la mort de son daron. D'après Jocelyne, il ne laissait rien transparaître et vivait toujours dans son appart' en centre-ville avec sa copine Kyoko depuis plusieurs années.

Il étudiait avec acharnement pour créer une boîte d'informatique et de jeux, tout en travaillant comme ingénieur. Jocelyne avait très peu de contacts avec lui. Il était distant depuis son départ du cocon familial. Cependant, il venait manger tous les 15 jours, le dimanche avec sa compagne, comme il le faisait avant la disparition de Riton. Son couple était très calme et posé. Jamais un mot plus haut que l'autre.

Jocelyne était certaine que Ryan et Franck se voyaient en cachette.

A la fin de la conversation, le cendar était noyé par les filtres orangés à points blancs. Jocelyne semblait soulager d'avoir vidé son sac. Elle me remercia de l'avoir écouté.

Se faire larguer, cela donne une sensation de vertige comme si vous vous trouviez au bord d'un précipice et que vous étiez inexorablement attirés par le fond sombre et opaque.

Pourtant, on vous avait prévenus du danger, mais comme toujours vous n'en avez fait qu'à votre trogne et voilà, le résultat ! Au plus profond de vous-même, vous saviez que cela arriverait et vous attendiez !

On pense que l'on ne sera jamais plus le même, que la part d'âme que l'on a donné à l'autre, on le récupérera jamais. On n'a plus de goût, d'enthousiasme, plus rien : *game over*.

Depuis des mois, Sarah me faisait comprendre qu'elle en avait assez de gratter pour payer tout parce que j'étais dans mon monde, de s'occuper seule de Simon, de casser la croûte seule, de sortir seule ou d'attendre que je rentre des champs de courses.

Pour moi, plus rien ne comptait à part les chevaux. J'en rêvais même la nuit. Je ne dormais que quelques heures et hop, je remettais ça, direction l'hippodrome après le réveil de Simon.

J'avais décidé de vivre de cette manière à la naissance de notre fils Simon.

Auparavant, je vivotais grâce à des emplois précaires dans le secteur tertiaire. Un jour, mon pote Archibald me brancha sur les dadas. La chance du débutant m'enivra et me fit décrocher la timbale plusieurs fois, soit mon salaire en une demi-heure. Bien entendu, j'avais suivi les *tuyaux* de mon ami Archi, turfiste chevronné et Pick ma petite voix intérieure et mon ami d'enfance imaginaire.

Je me mis alors dans la tête de palpouser le Quinté + dans l'ordre. Pour pouvoir subvenir aux besoins de ma famille pour plusieurs années ou même pour toujours. Sarah s'effraya de mon attitude malgré mon intuition d'avoir la baraka. Elle en eut marre et me quitta.

Entre-temps, je gagnais 12 millions d'euros mais Sarah campa sur ses positions et décampa !

Je repensais à tout cela en me rendant *Chez Camille*, le bar-tabac PMU que Riton fréquentait. Contrairement au *Le rouge est mis,* un laisser-aller certain dans l'entretien de l'établissement était perceptible à la première approche. Les vitres étaient cradoques, marquées par des traces de paluches. Au comptoir, les clients baignaient leurs savates dans la cendre de mégots, charpie de tickets de loterie, de tiercé…

C'était un bistrot qui possédait une salle de billard au sous-sol où se trouvaient les gogues et un téléphone à carte. Autant dire que l'ambiance du lieu donnait envie de retenir les exigences de sa vessie et de posséder un téléphone portable !

La clientèle était composée d'ouvriers en majorité étrangère. Un nombre incalculable d'accents bataillaient dans l'épaisseur des volutes de cigarettes.

Habitué de ce genre d'endroit, je me dirigeai vers le présentoir du P.M.U. et y pris un ticket pour préparer un Quinté +. A cet instant, je mis en berne mon âme de turfiste et me concentrai sur l'activité humaine autour de moi.

Quand je m'avançai vers le comptoir, un énorme type, les cheveux gras et la dentition couleur de clavier de piano, me demanda sans un bonjour ce que je voulais boire.

- Un petit noir ! dis-je en apercevant à mes côtés, un africain de deux mètres en tenue d'éboueur !

Sur le zinc, une boîte métallique rouge distribuait des cacahuètes moyennant 1 franc. Le sumo occidental s'aperçut que je reluquai la machine et me dit :

- Elle ne prend que les francs ! Tournez la manivelle et donnez-moi un euro !

Alors je suivis sa consigne et mis le creux de ma louche sous l'ouverture du bousin. Aussitôt, une pellicule de poussière se déposa sur mes doigts, accompagnée de deux misérables cacahuètes. Sans faire de rififi, bien que ma gourmandise fût réduite à la portion congrue, je raquai.

Mine de rien, j'avais remarqué depuis mon arrivée, que des yeux me scrutaient et que certaines jactances étaient devenues inaudibles. Pourtant, je sortis un stylo de ma poche, étudiai les cotes des chevaux sur *Le Parisien* laissé à l'abandon sur le comptoir.

Soudain, ma tranquillité s'évanouit quand l'obèse me demanda sans ambages :

- Qu'est-ce que vous êtes venus chercher ici ?

- Rien de spécial. Je voulais simplement faire un Quinté et boire un café.

Notre discussion semblait intéresser la galerie puisqu'un attroupement se forma aussi sec et bourdonna autour de nous.

- Tu n'es pas du quartier ? reprit le tas de Saint-doux. Ca se voit ! Ici, on n'accepte pas les étrangers. Pour être client, il faut être accompagné.

Alors que les esprits s'échauffaient dangereusement, il me prit bêtement de rétorquer :

- Je suis là parce que j'ai entendu que Henry Norton cherchait de la main d'œuvre pour sa boîte. Et comme j'ai besoin de taf !

La grosse baleine aux guenilles fripées m'attrapa par le colbaque et m'attira vers lui mais pas pour me câliner.

- Riton est mort ! Alors si tu veux pas le rejoindre, tire-toi de là ! éructa-t-il avec une haleine à découper à la tronçonneuse ! Et dire qu'il devait refaire gratos la décoration de mon café. Ce sont toujours les meilleurs qui s'en vont ! regretta l'Obélix de la taverne.

Aussitôt, plusieurs remarques diffamantes à mon encontre détonèrent autour de moi. Quand il me reposa, des mains par paquets de douze tentèrent de m'agripper. Heureusement, une voix s'éleva au-dessus des autres.

- Laissez-le partir ! Je m'occupe de lui ! avertit-elle.

Alors je fus forcé de suivre mon Sauveur qui me mena vers la sortie en me tenant fermement par le bras.

C'était un type costaud avec une salopette bleu, constellée de tâches de peinture et de cambouis.

Il desserra ses crocs lorsque nous fûmes à une centaine de mètres du rade.

- Vous cherchez quoi ? Vous vouliez vous faire trouer la peau ? Ce ne sont pas des marioles, ces mecs. Un mot de travers et c'est direction la robe de sapin. Je suis Guillaume Lamy. Je fais le taulier à la place de Riton en attendant que la justice soit rendue. C'est sa veuve qui me l'a demandé et comme un imbécile, j'ai accepté. J'étais l'un de ses commis. A vrai dire, je ne suis pas fait pour cette connerie. Trop de paperasses. Trop de consignes à respecter. Demain, je vais appeler madame Norton et lui dire que je jette l'éponge. Ca va l'emmerder mais…

- Écoutez, je cherche du boulot et je m'y connais en compta et gestion. Peut-être que je pourrais faire l'affaire.

- Ben, tu as dit que tu voulais travailler sur les chantiers, tout à l'heure ! Attention, pas d'embrouilles !

- J'ai dit ça parce que je suis prêt à tout pour nourrir ma famille.

- C'est d'accord. Tape là ! Je t'attends demain à 5 heures *Chez Camille*. Je vais prévenir les autres pour qu'ils ne te fracassent pas le crâne à ton arrivée, demain.

Le soir même en me piautant, je gambergeai à mon plan d'action. J'avais mis Robert au jus afin qu'il me réserve une chambre dans son établissement et qu'il m'ouvre une boîte à missives à mon patronyme. Et surtout, comme je le pressentais, qu'il puisse répondre à des questions sur mon blaze si d'éventuels fouineurs se pointaient. C'était de bonne guerre. Mon adresse personnelle devait être préservée de tous ces parasites.

Allongé sur mon lit, je me conditionnais à appréhender agréablement la journée du lendemain. Dans 5 heures, exactement.

Sur ma platine, une sonate de Mozart m'accompagnait dans ma méditation.

Je fus devant *Chez Camille* avec dix minutes d'avance. Une douzaine d'ouvriers y séchaient sur un fil. Chacun d'eux portait un sac en plastique : sans aucun doute leur gamelle pour midi.

Je me sentis de trop parmi eux. L'un des types proposa une tige à ses corégionnaires mais pas à ma tronche. En guise de provocation supplémentaire, il m'adressa un sourire narquois. Je restai de marbre.

Soudain, deux camionnettes se garèrent parallèlement au trottoir. Guillaume Lamy descendit de celle dont le nom de *ENTREPRISE HENRY NORTON – DÉCORATION D'INTÉRIEUR*, était peint sur la carrosserie.

Il serra les pinces aux manœuvres puis s'approcha de moi :

- On va casser la graine et boire un coup. Ensuite, direction le bureau.

La grosse baleine de Camille ouvrit les portes de l'estaminet. La majorité des travailleurs manuels prirent place au comptoir et le reste aux différentes tables. Ce qui m'étonna, ce fut l'aide qu'apporta l'un des ouvriers au gros en passant derrière le zinc, en confectionnant des sandwichs et en servant de la gnôle.

Lorsque Guillaume et moi arrivâmes au comptoir, plus aucune place n'était dispo alors Lamy fit signe à deux zigues d'aller poser leurs derches sur une douillette chaise. Ils s'exécutèrent.

- Je vais te présenter le patron. Camille, viens voir ici ! gueula Guillaume Lamy à travers le brouhaha ambiant.

Moby Dick s'approcha de nous. Il cocottait le mauvais alcool et une odeur de sent-bon mélangée à de la sueur. Un cocktail explosif pour demeurer célibataire à vie !

- Camille, je te présente…Comment déjà ? m'interrogea Lamy.

- Marc…Marc Montgibaud. Marco pour les intimes.

- Je viens de l'embaucher à l'essai. Il bossera au bureau et nous filera un coup de main en cas de coup de bourre. Hein !

- Salut ! me lança Camille avec une nonchalance à la Droppy. Sa main était moite et ressemblait à une rame de barque. Tu as les crocs ?

- Oui.

- Je m'excuse pour hier, mais en ce moment, je suis sur les nerfs !

Aussitôt, il nous servit des casses croûtes, un café et un verre de gnôle. Dans ses mirettes, je lisais de la méfiance à mon égard. Je le remerciai et entamai ma demi-baguette aux rillettes et aux cornichons.

Guillaume Lamy me confia à mi-voix.

- Tu sais, au fond, il n'est pas désagréable. Il faut juste le connaître. Si hier, il t'a envoyé bouler, c'est que dans le quartier, il faut se faire respecter pour survivre. En ce moment, il tente de résister à des racketteurs. Il a créé sa propre garde rapprochée ! Enfin, cela ne nous regarde pas !

Guillaume but alors d'une traite l'eau-de-vie et esquissa une grimace digne de Jerry Lewis puis s'essuya la bouche d'un revers de manche.

- Allez au goulot ! Euh, au boulot ! Les gars, c'est parti ! s'époumona-t-il.

Tout ce petit monde se rassembla à la manière de fourmis ouvrières avec énergie et discipline et leva le camp pour rejoindre les automobiles à pétrole.

Je laissai ma pitance sur le comptoir.

Durant une demi-heure, nous déposâmes les gars sur divers chantiers de la ville puis enfin Lamy et moi, arrivâmes au siège social de l'entreprise Norton.

C'était un terrain sur lequel était installé un hangar de plusieurs centaines de mètres. Mitoyen à lui, un préfabriqué faisait office de bureau. Quatre camionnettes étaient garées à proximité.

L'endroit était protégé par une haute clôture qui se terminait par du fil barbelé. Celui-ci me fit penser à Franck et à la prochaine visite que j'allais lui rendre dans quelques jours au ballon. Sous l'une des caméras, Lamy tapota un code sur le clavier numérique disposé à l'entrée de la grille.

- Riton a fait installer ce système parce que nous avions été victimes de cambriolages répétés. Tu sais, il y en a pour du matos dans cette turne !

L'entrepôt était puissamment cadenassé. Nous nous dirigeâmes alors vers les bureaux.

À l'intérieur, Guillaume appuya sur un bouton et grâce à de puissants néons fixés au plafond, illumina la pièce de la construction. Ensuite, il alluma un ordi, une cafetière et récupéra une feuille que venait de cracher le fax.

- Tiens, encore, une demande de devis pour un prochain chantier ! m'avisa-t-il. Bon, viens, on va s'installer à mon burlingue et je vais t'expliquer quelques combines.

Il ouvrit un meuble froid et laid et en extirpa une bouteille de whisky de 20 ans d'âge.

- Une petite lichette avec le jus ? m'incita-t-il.

- Non, merci. Je ne suis pas si matinal.

- Pas trop, j'espère parce que dans le bâtiment, ça carbure sec ! Si tu ne prends pas le pli, les mecs vont se foutre de ta pomme et te faire passer pour une lopette. Guillaume m'avança une chaise et débarrassa sommairement le dessus de son bureau, encombré de dossiers et de paperasses. Alors il commença à m'affranchir sur mon travail en sirotant son café whisky ou whisky café, je ne savais plus trop !

- Je suis en retard avec l'URSSAF, le Trésor Public, et surtout dans les payes. Pour le moment, essaye de retrouver les bons de commande pour créer les factures. Beaucoup de nos clients pensent qu'ils vont passer à l'as, mais il ne faut pas rêver. Les bons comptes font les bons amis. Le soir, quand je viens ici, après la journée de boulot, je suis trop crevé et beurré pour jouer les secrétaires ! Tu comprends.

- Cinq sur cinq !

En parlant, il se resservit une rasade de whisky dans son café. Sur sa tasse en porcelaine véritable était inscrit *I LOVE BIBINE* !

- En fait, concernant l'URSSAF, euh, comment dire ! Tu ne déclares que quatre gars. Les 3 autres et moi. Les types que tu as vus ce matin, ce sont des clandés qui nous aident pour charger et décharger le matériel. On les paye de la main à la main.

- Riton travaillait comme cela ? osais-je demander.

- Non. C'est moi qui ai eu cette idée rentable. Il y avait trop de taf pour nous quatre alors j'ai improvisé. De toute manière, ces gugus ne se retourneront pas contre nous parce dès qu'ils croisent quelque chose qui ressemble à de la bleusaille, ils se carapatent comme des blattes !

En réalité, j'ai mis au point cette combine avec Camille. Il me sert de rabatteur. Une authentique salope, celui-là en affaires ! Dangereux avec cela mais gentil quand même !

L'œil pétillant, Guillaume se resservit un doigt du breuvage ricain. Je commençais à regretter de m'être fourvoyé dans cette mélasse.

Pour mon enquête, il n'y avait pas meilleure planque mais pour la Justice, j'allais devenir complice d'une escroquerie.

Moi, qui m'évertuais à éduquer Simon dans l'honnêteté la plus stricte, j'en avais presque le vertige.

- Si tu as un problème avec l'ordinateur et ses programmes, n'hésites pas à contacter

Ryan Norton, le fils du regretté Riton. C'est lui qui a conçu tout ce merdier ainsi que la sécurité du site. Son numéro de portable est scotché sur le bord de l'écran. Et encore, un petit tuyau : si tu t'embêtes, il y a un fichier de femmes à poils, extra ! C'était Riton qui l'avait installé lui-même et il en était très fier. Franchement, Ryan ne ressemble en rien à son pater.

- Comment ça ? ne pus-je m'empêcher d'asticoter mon hôte passablement chlasse.

- Eh, bon ! Non, rien !

Un instant de lucidité venait d'atteindre sa matière spongieuse que l'on appelle cerveau. Puis, finalement, l'ivresse reprit le dessus.

- Riton était un chaud lapin. Il sautait sur toutes les petites culottes qui bougeaient comme une grenouille sur un chiffon rouge ! La pauvre Jocelyne avait des cornes tellement hautes que je me demande si elle aurait pu passer sous l'Arc de Triomphe ! Mais chut ! fit-il en mettant son index devant ses lèvres, et en distillant au passage, un miasme de pâté odorant. Ses yeux étaient luisants comme des boules de pétanque sous le cagnard varois et je craignais qu'il ne s'écroule sur le plancher.

Finalement, chancelant comme une flamme de bougie prise dans un courant d'air, il regagna sa fourgonnette après m'avoir remis son numéro de portable.

Contraint, je tentai de mettre de l'ordre dans la compta. Le tri des factures fut relativement simple mais lorsque je voulus utiliser la bécane, cette dernière me refusa l'accès à ses circuits internes. Aussi, je m'attelai à d'autres tâches en attendant le retour de Guillaume Lamy.

Vers 20 heures, Guillaume Lamy se pointa frais comme un gardon. Il avait certainement dû faire la sieste tout l'après-midi. Ses yeux étaient encore rougis par le sommeil. Lamy fixa les différents tas de paperasse que j'avais étalés sur le sol et me dit :
- Je vois que tu n'as pas chômé. Excuse pour le retard. J'en tenais une sévère et j'ai dû cuver. Tu peux y aller.
- D'accord ! Je t'ai noté les différents appels à côté du téléphone. Je t'ai également noté mon adresse et numéro de téléphone où tu peux me joindre. A lundi !

Être célibataire, c'est se retrouver en tête-à-tête 24 heures sur 24 avec sa carcasse. Quand on a vécu une dizaine d'années avec femme et enfant, il est assez effroyable de s'y habituer. Pour *survivre*, il convient de s'organiser. Je dis survivre parce que vivre sans les siens, c'est pratiquement impossible. On parade devant les potes mais ce sont les nerfs qui mènent la danse.

Pour ma part, quand Morphée jouait avec ma patience, une litanie s'enclenchait et je gambergeais comme un dératé. Je cherchais les véritables motifs de ma séparation avec Sarah. Parce que nous nous aimions encore. C'était crétin et même absurde mais c'était la vérité. Elle avait pris un appart' avec Simon, notre fils parce qu'elle ne supportait plus notre vie commune et qu'elle voulait donner une seconde chance à notre couple !

Tous les samedis, Sarah m'amenait Simon. Comme je ne possédais qu'un vélocipède, cela me simplifiait la vie.
Tous les trois, nous déjeunions et profitions de ces quelques heures pour parler de la semaine passée.
Simon était en Cm 1 et il bataillait ferme avec la langue de Molière. Les conjugaisons, la grammaire l'ennuyaient

passablement. Le garnement était nettement plus doué en mathématiques. Sarah me fit même remarquer que sa tirelire était garnie et qu'il en connaissait le montant exact. Cependant, il fallait beaucoup d'astuces pour qu'il compatisse à sortir quelques piécettes de leur nid douillet. C'était de famille chez les Montgibaud.

Cette journée, Simon fut calme et se mit à mon bureau pour y faire ses devoirs. Avec application, il lisait à voix haute les verbes qu'il devait conjuguer au présent, au passé simple et à l'imparfait.

Tous les samedis n'étaient pas de cet acabit surtout lorsque Simon avait les abeilles. Il avait un caractère bien trempé et n'en faisait qu'à sa tête. Quand je tentai de le contredire, il prenait la mouche et une dispute éclosait.

J'avais eu une éducation stricte et rigide, mais avec le recul, je devais bien admettre que cela m'avait servi dans la vie. La droiture, l'honnêteté et la rigueur me m'avaient jamais fait défaut.

Sarah désamorçait toujours les conflits entre Simon et moi. Bien que je pestais que c'était pour le bien de ma progéniture, elle essayait invariablement de mettre un bémol à ma sévérité.

En fait, Simon et moi nous aimions énormément ; seulement sa personnalité commençait à s'affirmer et comme tous les gosses, il pensait qu'aucune limite n'existait. Alors je devais *jouer* mon rôle de père.

Comme à son habitude, le samedi, Simon restait pioncer dans notre ancien chez nous. J'étais resté dans la location où nous logions tous les trois depuis dix ans. Le strict minimum vital me suffisait pour le moment.

Ce soir-là, donc, Simon et moi regardâmes les deux premiers Indiana Jones en DVD, accompagné d'une pizza aux anchois. Vers minuit, il partit se coucher dans sa chambre que j'avais conservée en l'état depuis notre séparation pendant que sur le canapé, je tentais de terminer une grille de mots croisés signée Laclos. Moi-même, j'étais un verbicruciste et j'avais confectionné plusieurs grilles que je souhaitais faire publier.

Le lendemain vers midi, Sarah vint rechercher Simon. Elle souhaitait lui faire découvrir un parc floral mais le gamin semblait renâcler à cette idée. La mine renfrognée, il traînait ses guêtres.

Toutefois face à la détermination de sa mère, il dut déclarer forfait.

Je lui promis que le dimanche prochain, je lui préparerai ma spécialité : le pâté aux pommes de terre, tradition ancestrale chez les Montgibaud, transmise de génération en génération.

En général, la journée dominicale, nous la passions ensemble. Avec ou sans Sarah. Malheureusement, ce dimanche, je devais rendre visite à Franck Nelson pour l'affranchir de mon enquête.

Avant cela, je me rendis au *Le rouge est mis*, et me rancardait auprès de Robert pour savoir si mon intuition avait fonctionné. A savoir si des loustics étaient venus fureter sur mon compte.

- Oui. Deux types louches, genre macros impeccables, fringués comme des milords et des bagouses à tous les doigts. Ils ont demandé à te voir. J'ai répondu que tu étais parti avec ta souris en week-end mais que tu reviendrais certainement puisque tu louais une chambre ici. Si tu veux mon avis, ne rigole pas avec ces gugus. Ça sent le gaz ! Par précaution, je vais te prêter mon pétard. C'est un lüger. Une antiquité qui provient de la famille Charbonnier que l'un de mes cousins avait conservée dans son grenier.

- Non, je déteste les flingots. Et puis la peur n'évite pas le danger !

- Enfin, tu as bien fait de louer un baisodrome ici et de ne pas mettre à découvert ton vrai domicile. Je vois que tu as amené quelques fringues et des bricoles pour le garnir. Impec'!

Robert Charbonnier avait une cinquantaine d'années et était veuf. Il avait continué son activité après la mort de Huguette, sa femme et s'était occupé parallèlement de l'éducation de son fils Xavier. Sosie de Lino Ventura, également ancien catcheur, Robert fumait des cigarillos à toute heure de la journée.

À cheval sur les principes, il faisait régner l'autorité dans son établissement et excluait *Manu Militari* tous les perturbateurs. Il savait se faire respecter le père Robert !

Une autre de ses qualités, c'était la propreté. Il ne transigeait pas avec elle. Derrière le zinc, un seau, une serpillière et un balai brosse plus du produit détergeant sommeillaient prêts à l'emploi. Du comptoir au flipper, tout était nickel. Une petite fée du logis sévissait sans importuner les clients et elle s'appelait Robert ! Une serviette sur l'épaule, il traquait la poussière.

Robert était également un chic type. Nous nous connaissions depuis 7 ans. Quand survint ma séparation avec Sarah, il me prit sous son aile. Il aurait pu profiter de ce moment de faiblesse pour me tirer le pactole que j'avais gagné au PMU. Mais que né ni, il s'occupa de moi comme d'un frère. J'étais tombé dans l'alcool et l'excès du jeu : deux addictions mortelles. J'étais devenu une loque. Alors il me désintoxiqua à sa façon.

Un matin, je me réveillai dans une chambre inconnue, pieds et mains liés sur un lit. Je pus exercer à ravir mes talents de soprano mais aucun pékin ne vint me délivrer. Sacré Robert ! Son côté catalan le faisait devenir féroce quand la situation l'exigeait. Alors, il ne lâchait rien et restait de marbre.

Ma cure forcée ne dura que 3 semaines, car mon état n'en nécessitait pas davantage. Je ne me répandais pas encore sous moi.

Après ce repos salvateur, il me prit rendez-vous chez un psy de sa connaissance et me confia à lui. Depuis j'allais mieux et marchait avec une molécule pharmaceutique qui m'empêchait d'avoir le blues. Aujourd'hui, je buvais un peu de vin à table et les dadas n'étaient plus ma priorité.

Jamais, je n'avais oublié le geste de Robert et à ma manière, je tentai de le remercier en l'aidant au café ou en lui achetant des friandises ou des cigares dont il raffolait. Mais jamais d'histoires de fric entre nous.

Une foule compacte attendait devant l'enceinte de la maison d'arrêt. Je faisais partie de ce long serpent d'humains qui piétinait sous un soleil d'hiver narquois qui semblait nous dire : aujourd'hui, il fait beau et vous allez rester enfermer, bande d'imbéciles.

C'était toujours le même rituel. Fouilles et inspections des paquets et denrées amenés par les visiteurs. Pour Franck, j'avais fait simple mais efficace. Une cartouche de Camel sans filtre. Je savais par sa mère qu'il fumait comme un pompelard alors j'allais lui rendre la vie plus agréable pendant quelques jours, et, hélas, participer consciemment au développement de son crabe du poumon.

Quand il apparut, Franck était amoché. Il avait un œil au beurre noir. De plus, sa mine était grise et apathique.

Il m'expliqua qu'il s'était fait rosser par des racketteurs pendant la promenade mais qu'il allait bien. Depuis quelques semaines, ils lui tournaient autour mais jusqu'ici, il avait réussi à leur échapper. Ces jours derniers, Franck relâcha sa vigilance. Résultat : quelques ecchymoses.

Comme il n'avait pas de protecteur dans cette calèche, tous les coups étaient permis contre lui. En fait, les types voulaient tous les colis qu'il recevait de sa mère. La tension fut telle qu'il écrivit à Jocelyne, de ne plus lui envoyer de paquets, mais elle n'en fit qu'à sa tête…

Quand je lui remis la cartouche de pipes, Franck éclata de rire et m'expliqua :

- Tu veux ma mort ou quoi ? S'ils voient ça, ils vont me désosser comme des chacals ! Tu sais ici, cela vaut de l'or. Garde-la ! En plus, j'essaye d'arrêter.

C'était la première fois qu'il me tutoyait et qu'il se confiait. Une intimité était peut-être en train de se créer entre nous.

Concernant l'enquête, je le mis au jus et lui donnai les détails. Il m'apprit qu'il ne connaissait pas Guillaume Lamy. Quant à Jocelyne, il me pria de ne rien lui révéler sur mon embauche dans l'entreprise de son beau-père. Elle avait la langue bien trop pendue pour garder les secrets. En plus, elle ne mettait jamais les arpions là-bas, même quand Riton était encore de ce monde. Elle détestait tous ces regards lubriques des ouvriers qui sentaient l'alcool et la sueur sur sa croupe.

- Le seul auquel tu peux faire totalement confiance, c'est à mon frère Ryan s'exclama Franck. Il est muet comme une tombe et en plus, il connaît sur le bout des doigts tout le petit monde qui gravitait

autour du *Vieux*. Il vient me voir parfois.
Je lui parlerai de toi.

- C'est gentil car je dois le contacter
concernant un soucis d'informatique au
bureau. Lamy est d'une incompétence
redoutable. Et Gwladys, puis-je lui faire
confiance ?

Cette question sembla gêner Franck. Il
mit une main devant son clapet, racla sa
gorge puis me dit poussivement :

- Je n'en sais rien. Alors méfie-toi quand
même.

Pas convaincu, je n'insistai pas.

Avant de le quitter, je lui demandai s'il
avait besoin de quelque chose. Il me
répondit par la négative. Une question, la
question qui me brûlait les lèvres, c'était :
où étais-tu le soir du meurtre de Riton ?
Mais je ne trouvai pas la force de la lui
poser. C'était trop prématuré.

Quand je sortis de l'ombre, la nuit était
tombée ! Dans le car qui me ramenait
chez moi, je posai la tête contre la vitre,
et sentis aussitôt le froid du dehors sur ma
caboche. La buée sur la vitre laissait
apparaître de temps à autre des phares
jaunes de bagnoles , blancs ou rouges et
cela ressemblait à une œuvre de Seurat.
Le temps du voyage, je pensai à ceux qui
vivaient dehors, et que l'on nommait

pudiquement *SDF.* Comme des sagouins, on évitait de les approcher, de leur parler, de crainte de choper…la réalité en pleine gueule !

De retour chez moi, la solitude me parut trop oppressante à supporter. L'après-midi que je venais de passer en compagnie de Franck, avait entamé mon capital vitalité comme disait la pub pour les animaux de compagnie. Pourtant, j'aurais dû avoir honte de ce sentiment mélancolique et d'abandon illusoire alors que Franck et ses compagnons de misère devaient le subir sans sourciller. La plupart du temps avec des médocs ou des substances illicites.

Mon antidote était simple. Direction *Le rouge est mis*. Le dimanche, Robert tirait le rideau à 13 heures. Alors pour le voir, il fallait passer par-derrière l'établissement et traverser un minuscule cours pour accéder aux carreaux de la cuisine de sa maison de plain-pied qui donnaient de ce côté.

Ce soir-là, la cuisine était illuminée et des ombres se mouvaient derrière les rideaux translucides. Je compris aussitôt que Robert avait organisé une partie de belote. Je n'étais pas amateur des jeux de bonneteaux mais avec Robert, l'ambiance était toujours joyeuse et rigolarde.

Le froid de canard qui régnait dehors me poussa à tapoter sans hésitation aux carreaux pour m'incruster. A ma vue, Robert sourit, et m'invita à entrer. Alors, je passai la lourde d'entrée et tombais tarin à tarin avec trois autres batteurs de carton autour de la table, des habitués du *Le rouge est mis*. Ils me saluèrent d'un hochement de trogne puis poursuivirent leur partie. Dans la pièce, une épaisse fumée de cigares me contraint à les laisser choir et à passer au salon.

Ce n'était pas la première fois que je débarquais sans crier gare chez Robert.

- Si tu as le blues, n'hésite pas à venir squatter au café ou à la turne m'avait-il proposé pendant ma période de rééducation à la vie après notre séparation avec Sarah. Cela te fera oublier tes démons. L'autodestruction ne t'apportera rien de positif. Pense à Simon. A n'importe quelle heure de jour ou de la nuit, tu peux compter sur ma bobine. Si, ce n'était pas un ami ?

Dans le salon, Xavier était hypnotisé par l'écran plat juché sur un vieux bahut normand, qui diffusait un film d'action avec Arnold S. L'image était parfaite et le son bluffant de réalité. On s'y croyait !

Tel un pacha, en chaussettes, Xavier se prélassait sur une banquette élimée ayant connu de nombreux derchs plus ou moins propres. Il sursauta en constatant ma présence.

- Ah, c'est toi ! Salut ! J'ai loué un DVD car il n'y a rien de bien à la télé.

- Je peux te demander un service, Xav ?

Avant de répondre, celui-ci appuya sur le touche pause de la télécommande. Une image pareille à une photo de millions de pixels se figea sur l'écran. En gros plan, un fusil-mitrailleur crachait des bastos. On ne pouvait presque lire la marque !

- Peux-tu me remettre les clefs de ma guitoune ? Je ne veux pas déranger ton père en pleine partie.

- Pas de problème !

Nous traversâmes la maison pour arriver dans le café. Derrière la caisse, sur le mur était fixé un panneau de bois sur lequel étaient inscrits des chiffres de 1 à 10. Chaque nombre correspondait à une chambre. Mes caroubles étaient accrochées au clou numéro 3.

- Tiens ? Passe une bonne soirée. Ça risque d'être calme puisque vous n'êtes que quatre à avoir louer. Ta clef ouvre aussi la porte d'entrée.

Le contrat que Robert avait passé avec une chaîne d'hôtellerie *Morphée Land* était une rente du tonnerre de Dieu. Il s'occupait de la gestion des piaules et encaissait le blé des clients alors que la société hôtelière se chargeait de décraspouiller les lieux, en le sous-traitant à une entreprise spécialisée.

À l'origine, le bâtiment était un immeuble qui avait appartenu à un riche proprio, homme d'affaires avisé, qui fit fortune dans le caoutchouc. Quand il referma son pébroque, sa descendance ne fut pas intéressée par cette bicoque délabrée à remettre aux normes de sécurité et refila son héritage à l'Etat. Marianne se frotta les mains !

Tous les locataires furent mis à la lourde. Une rumeur claironna alors, que le maire allait racheter la bâtisse pour créer des logements sociaux.

Deux ans passèrent et Robert ne voyant toujours rien venir, s'adressa aux autorités compétentes pour acquérir le bien. Malheureusement pour lui, il venait d'être racheter par une chaîne hôtelière *Morphée Land*. De toutes manières, le prix de vente de l'immeuble n'était pas à la portée de la bourse de Robert.

Quelque temps après, un type vint prendre un café au *Le rouge est mis*. Il était beau comme un perdreau de l'année ! Robert et lui tapèrent la bavette et ce dernier se présenta comme le responsable de la logistique de *Morphée Land*, acquéreur du bâtiment mitoyen au café. La construction de 10 chambres allait être mise en chantier la semaine suivante. Cependant, le cravateux avoua que l'endroit ne l'emballait pas et que la surface à louer était ridicule pour penser à faire du bénef surtout en embauchant un gérant. Il aurait bien tout automatisé mais l'investissement aurait été bien trop coûteux. De plus, en cas de panne, l'électronique étant souvent capricieuse, c'était une perte sèche de clients et un coût astronomique pour les réparations.

Aussitôt, Robert Charbonnier flaira la bonne affaire et exposa sa proposition au gratte-papier. Sur le coup, ce dernier resta sceptique et proposa d'y réfléchir.

Dans l'après-midi, Robert reçut un coup de bigot du siège social de *Morphée Land* pour signer un contrat de sous-traitance. Robert recevrait 40 % des bénéfices nets de l'hôtel en contrepartie d'une comptabilité saine et claire. Et ce fut signé !

Cet hôtel ressemblait à ceux que l'on déniche sur le bord des autoroutes. L'entrée à double battant muni de vitres fumées, style Ray-Ban de voyeur, s'ouvrait sur un hall accueillant avec une épaisse moquette, des ficus et un distributeur de boissons et friandises.

Dès les premiers pas, les plafonniers et autres lumières s'activaient comme par enchantement. On se serait cru dans un frigo !

Je pris l'ascenseur qui ne possédait que 3 niveaux. Je m'arrêtais au 1er étage. Effectivement, le calme régnait en maître dans la casa. Quand je m'approchai de la porte n°3, l'entrebâillement de cette dernière me fit piger que des mals propres étaient venus me visiter. D'un coup sec de panard, je poussai la lourde. Le boxon qui régnait dans la pièce me chagrina. J'avais lu quelque part qu'un cambriolage s'apparentait psychologiquement à un viol et je pus constater que c'était véridique. Lorsque des blaireaux s'invitent dans vos appartements et qu'ils n'y étaient pas invités, c'était irritant. Ces pourris avaient tout retourné. Les quelques fringues que j'avais amenées, étaient éparpillées partout et les gredins m'avaient chouré ma petite radio-portative, que jadis, j'utilisais fréquemment durant ma période addictive aux bourrins. Grâce à elle, je pouvais connaître en temps réel, les rapports et les arrivées sur France-Info, RTL ...

Il ne me restait plus qu'à prévenir Robert et cela je le redoutais. Car même si Robert était un joyeux drille et une bonne pâte, il y avait une chose qui déclenchait son ire : c'était une interruption sans raison valable de l'une de ses parties de bellotte dominicale !

Les motifs justifiables étaient pour lui : le déclenchement de la 3ème guerre mondiale, la mise en danger de Xavier ou un incendie au *Le rouge est mis*.

Bon gré, mal gré, je descendis avec l'enthousiasme d'un porc vers l'abattoir et qui sait que l'on va faire des folies de son corps !

Jamais, je ne l'avais vu dans cet état-là. Robert jura dans toutes les langues comme un chartier. Il devint rouge comme les Côtes du Rhône qu'il servait derrière son zinc et fit valdinguer les cartes sur le tapis vert posé sur la table de la cuisine. Personne autour n'osa moufter. La tornade dura une bonne dizaine de minutes. Je crus que jamais il n'allait s'arrêter. Pris de panique, je quittai la pièce et rejoignis Xavier. Celui-ci toujours prélassé comme un lézard devant son film, ne semblait pas effaroucher par les gesticulations guerrières de son pater. D'ailleurs, il me dit :

- Ne crains rien. Dans quelques instants, il va sortir faire un tour et à son retour, il s'excusera. Il est comme cela, volcanique. C'est un genre de valve de sécurité pour son équilibre mental. Tu as empiété sur son espace vital et de détente. Un territoire sacré pour lui.

- Je sais. Il m'en avait déjà causé mais je n'aurais jamais soupçonné un tel degré d'énervement.

La prévision de Xavier se révéla exacte. Robert quitta la maison en claquant la porte.

Une demi-heure plus tard, il réapparut apparemment serein. J'étais assis à côtés de Xavier sur le canapé. Ses compagnons de jeux avaient mis les voiles. Ils connaissaient l'animal.

- Je te présente mes plus plates excuses pour tout à l'heure. Je suis impardonnable. Dans ces cas-là, je débloque, je tuerais père et mère puis après je regrette articula-t-il faiblement Robert tel un gamin hyperactif qui reconnaît sa faiblesse.

Depuis le départ de Huguette, je perds la boule !

- Laisse tomber. Je suis prévenu pour la prochaine fois. Quant au cambriolage, on fait quoi ?

- Le mieux est de la mettre en veilleuse. Ils t'ont piqué quelque chose ?

- À première vue, une petite radio, c'est tout !

- Bon, alors, on ne prévient pas les lardus. Cela ferait trop de paperasse à remplir. Il s'agit d'un avertissement. Je t'avais dit que ces gus étaient peu fréquentables. Prends garde à toi.

- D'accord. En attendant, je vais ranger ma piaule !

- Je viens. Je vais faire le tour du propriétaire pour constater d'éventuelles dégradations.

Tous les matins, Robert m'emmenait *Chez Camille*. Robert, était un goûteur d'aube. Il stoppait son break à quelques centaines de mètres de là et me laissait continuer à pinces. Il ne voulait surtout pas se faire remarquer.

Pourtant, même si nous nous étions fait choper, rien n'aurait été suspect dans notre attitude. Seulement pour Robert – comme il ne cessait de me le seriner – avec ce genre de loustic, il était préférable de prendre de minutieuses précautions. Moins ils en seraient, plus ma sécurité serait garantie.

Ce lundi matin, à cinq heures *Chez Camille* était déjà ouvert : Quelques clandestins buvaient leurs jus. Lamy n'était pas encore là. J'étais certain que c'était lui qui avait joué à la balançoire auprès de Camille sur mon adresse.

La grosse bourrique de Camille carburait déjà à la bière. Il semblait dans les choux. À la différence des autres fois, il me salua d'une pogne ferme mais hélas, grasse.

- Je te sers un petit noir et un calva ?
- Oui. Je te remercie.

Il nettoya le zinc d'un coup de chiffon, ajouta une corbeille de croissants et deux sucres à mon café puis me sourit.

Je pigeai à son attitude qu'il souhaitait me demander quelque chose sans savoir comme s'y prendre.

Conscient de son manège, je le laissais baigner dans sa béchamel. Cet abruti ressemblait à une baudruche sous L.S.D. ! Son sourire, couleur dominos, n'augurait rien de bon. Ses cheveux luisants et en bataille étaient écœurants.

Quand je mis la fouille à mon larfeuille, il rechigna à encaisser.

- Laisse, c'est la maison qui arrose ! me confia-t-il en liquidant d'une traite son demi.

Camille s'essuya les moustaches touffues d'un revers de manche puis me dit :

- J'ai pensé à un truc, ce week-end. Comme tu crèches, je ne sais où et que tu commences à gratter à l'aube, je peux te louer un meublé. Cela te permettra de souffler.

- Oh, mais je ne me plains pas ! J'ai du boulot, c'est le principal.

- Écoute, j'insiste me chuchota le cachalot mielleusement en me serrant le poignet comme une menotte. J'ai tout de suite vu que tu étais un gars réglo. Tu sais, je ne propose pas ce service à tout le monde, il faut que j'ai confiance. Et là, c'est le cas. Quand on peut rendre service…

Au siège social de l'entreprise Norton, je repris mes activités du vendredi précédent. Guillaume Lamy était nettement moins noirci par l'alcool que la dernière fois et il put passer des coups de fil et répondre au fax. Cette lucidité passagère m'empêcha de l'asticoter de questions. Il me quitta à dix heures pour rejoindre un chantier.

Je pris alors la décision d'explorer en profondeur le bureau. Riton avait sans aucun doute planqué quelque chose de personnel et intéressant pour mon enquête.

Comme il n'était pas un as de l'informatique, je présageais qu'il s'était trouvé une cache, connue de lui seul, pour pouvoir y piocher à sa guise.

J'entrepris ma quête dans l'une des armoires métalliques de la pièce. Elle était lourde et froide. Une minuscule étiquette collée sur l'une des portes signalait que le meuble résistait au feu. Cette information me conforta à lorgner dans ce coin-là. Tous les dossiers que contenait le monstre d'acier imufugé étaient classés méthodiquement par ordre alphabétique et donc je conclus que Lamy n'y avait jamais pointé son blair de grand dadais.

Mon exploration dura plus de quatre heures. Entre les coups de bigots et les fax que je reçus, je réussis toutefois à inspecter méthodiquement et intégralement la pièce. Résultats des courses : Nada. Ni dans les recoins, ni entre deux factures.

L'heure de déjeuner était largement dépassée. J'étais en sueur à cause l'excitation et la rapidité de mes mouvements. Je faisais un quintal de barbaque et luttais à déplacer ma viande.

La situation me désespérait alors je m'écroulai sur le siège rotatif en mousse, à côté de la machine à caoua dont l'arabica me permit de tenir la cadence.

Maintenant, mon buffet criait famine. J'attrapai alors mon sac à dos et en sortit un casse-croûte et un demi-litre de vin de l'Aude afin de me sustenter. Le tout était préparé par Robert. Il ne pouvait s'empêcher de me simplifier la vie !

J'entamai mon casse-dalle, une baguette moulée bien cuite, débordante de jambon de Bayonne, tomates cerise, laitue, et de miettes de roquefort. Parfait pour satisfaire mon cortex et mon bidon. A cet instant, l'idée saugrenue de jeter un œil sous la machine à café s'imposa à moi. En moins de temps qu'il ne faut pour le dire, j'attrapai l'engin électrique et le retournai. Hélas, aucune indice n'était dissimulé dessous.

Quand Lamy apparut, je fus comme un crétin des Alpes qui faisait mumuse avec un drôle de joujou !

- Pour le ménage, on a déjà embauché quelqu'un, Marco ! ironisa Lamy. Elle vient toutes les semaines, le samedi matin. Une bourgeoise de l'un des clandés. Travail au noir impeccable pour un minimum de charges ! On dit que les Roumains sont sales et bien c'est faux !

- Je regardais le nombre de watts me justifiais-je. Quand je graille, j'aime bien lire !!

- T'affole pas. Chacun ses manies. Moi, c'est la bibine. Je ne peux m'empêcher de picoler. Ma femme a foutu le camp à cause de ça et, pourtant je continue ! Les cures, les séances des A.A.A., je n'y crois pas. C'est du pipeau. Des cols blancs ont inventé ces combines pour arnaquer des poivrots dans mon genre et ils croient que l'on va tous se faire pigeonner. Eh bien, ce sera sans moi !

En parlant, il retourna sur ses pas et revint avec un carton.

- J'ai fait mes provisions. Six bouteilles de J.B. tombées d'un camion et à un prix défiant toute concurrence. Je vais les stocker ici. Comme cela, je n'aurais pas à prévoir à en acheter. J'en ai pour une semaine. Tranquille ! Vraiment, *Chez Camille*, on trouve de tout !

Le cirrhosé en devenir était content de lui. Je me demandais si dans sa caboche, il avait pris au sérieux mes piètres explications concernant ma bizarre manipulation de la machine à café.

- J'ai reçu des appels de l'URSSAF. Ils commencent à frire. Ils voudraient connaître le nom du remplaçant de Henry Norton et obtenir un certificat de décès et…

- Oh, ils m'emmerdent, ceux-là ! Je vais les appeler quand j'aurais cinq minutes. Ils me collent au cul comme des mouches à merde. Si cela continue, ils vont découvrir le pot aux roses et cela pourrait chauffer pour mon matricule et faire foirer mes combines.

D'ailleurs, ne fais pas d'heures sup et respecte les heures de bureaux. Débauche vers 18 heures. Le matin, embauches à 10 heures. Camille m'a dit qu'il t'avait réservé une chambre chez lui. Tu verras, les soirées ou plutôt les nuits blanches chez lui, c'est le paradis !

- Mais je n'ai pas encore accepté son offre.

- Fais gaffe ! Ne le vexe pas parce qu'il est revanchard et belliqueux. Je te l'ai déjà dit !

- Ce n'est pas mon intention ripostai-je en mordant dans mon pain.

À cet instant, l'un des néons du plafond clignota comme ceux des attractions de fêtes foraines.

Dans la vie, l'ironie du sort est souvent implacable. En tentant de m'approcher du tube qui me faisait de l'œil, je découvris une cache dissimulée dans le faux plafond composé de dalles de polystyrène. L'une de ces dernières était décalée et laissait apparaître un interstice de quelques centimètres.

- Bon, je crois que je suis bon pour jouer les électriciens ? pesta Lamy

- Non ! Laisse, je vais m'en occuper dis-je en sachant que j'étais un piètre bricolo. Il ne fallait surtout pas que le pochetron flaire le trésor.

- Je te dis que je suis le seul à savoir où sont stockées les ampoules neuves !

Mon sang ne fit qu'un tour. Je sentis l'affaire se faire la malle.

- Écoute, je vais t'avancer le boulot en ôtant la douille. D'accord ?

L'œil humide et l'haleine chargée, Lamy me lorgna longuement comme si je m'étais transformé en E.T.

- Tu es une vraie bonne pâte, ma couille ! s'esclaffa-t-il. Toujours prêt à jouer les Saint-Bernard. Au début, j'ai pris cela pour du fayotage mais maintenant je sais que c'est sincère. Je vais pouvoir rassurer Camille sur tes intentions.

- Ah, ouais ! osai-je demander.

- Tous les nouveaux, il leur dissèque tous les poils du fion. Et toi, tu étais dans son collimateur. T'inquiète pas. En attendant, à la tienne !

Guillaume Lamy chopa une bouteille de J.B. dans le carton et dégoupilla le bouchon qui émit un clic caractéristique des premières fois. Puis il s'enfila une gorgée du liquide brun.

- Je vais chercher le néon dans le hangar. Enlève celui qui est mort. De toute manière, j'ai besoin de toi parce que j'ai le vertige sur une chaise. Passe encore l'escabeau mais comme j'veux pas me fouler..

Aussitôt, il s'éclipsa d'un pas mal assuré. Je profitai de son absence – je savais qu'il mettrait au moins dix longues minutes avant de dénicher ce qu'il cherchait – pour fouiner à l'endroit suspicieux. Je montai donc sur une chaise et m'approchai de l'hypothétique planque. Sans attendre, je soulevai la plaque de poly et découvris alors un espace creux qui contenait une boîte de chaussures de sport. Celle-ci était fermée par un ruban adhésif noir en forme de croix. Le magot pesait deux à trois kilos. Personne à l'horizon dehors. Je m'empressai de le dissimuler dans mon sac à dos. J'avais la baraqua. Le butin rentrait pile-poil dans mon sac de toile. Maintenant, l'excitation me bouffait les entrailles. D'un côté, ma curiosité de fouine me soufflait à l'oreille de jeter un coup d'œil furtif au magot et de l'autre, la raison dictée par mon cortex me l'interdisait pour des raisons de sécurité. Ce fut la raison qui remporta le combat.

Guillaume Lamy réapparut avec un tube blanc. Pendant une fraction de seconde – j'ai bien dit une fraction de seconde – il ressembla à Christophe Lambert dans *Highlander*. Ensuite, en s'approchant, il prit la tête de *Boudu sauvé des eaux*, joué par l'excellent Michel Simon ! Il me fila l'ampoule et je fis le nécessaire.

Le reste de la journée fut tranquille. Je débauchai à dix-huit heures.

Ce soir-là, j'avais décidé de rejoindre mes vraies pénates pour relever le courrier pondu par ma boîte aux lettres, me farcir les messages sur mon répondeur et écouter la musique du grand Wolfgang Amadeus.

Pour cela, dans ma tête de piaf, j'avais mis au point une stratégie imparable. Comme toujours, j'empruntai les transports en commun mais je mis les voiles une station avant ma crèche. À quelques mètres de là, je connaissais une entrée qui menait sur une autre rue. Un ancien turfiste à la retraite y avait installé ses quartiers. Le numéro du Digicode de la porte cochère ne variait jamais. Beaucoup de vioques étaient proprios dans l'immeuble et redoutaient les changements. D'ailleurs, ils avaient viré la concierge, trop souvent malade, pour y installer à la place cet interphone. Terrifiant !

Dès que je fus dans la place, je n'eus qu'à suivre un long porche dallé de pavés qui donnait sur une cour où tous les apparts avaient une vue imprenable puis emprunter une porte anodine qui ne s'ouvrait que de l'intérieur. Je savais que cette supercherie ne marcherait pas éternellement mais je voulais assurer mes arrières pour cette fois-ci.

Dans mon nid douillet, je me sentis bêtement en sécurité. Tous mes objets personnels étaient là. Ils étaient les témoins de mon existence.

Si mon clavier d'ordinateur avait pu tchatcher et non chater, il aurait dévoilé les centaines de lettres et poèmes que j'avais extraits de mon cœur à l'attention de Sarah mais que je n'avais jamais eu le cran de lui envoyer.

Mon cendrier aurait crié famine à cause de mon arrêt brutal du tabac et mon briquet tempête se serait plaint de n'allumer que des bougies aux anniversaires de mon fils.

Et enfin, mon sofa, meuble fétiche, aurait certainement craché son amertume de devoir supporter mon poids mort, un quintal de détresse, pendant des nuits entières alors que mon lit m'attendait les draps ouverts.

Le téléphone sonna. Quand je décrochai la voix de Jocelyne Norton se fit entendre à l'autre bout du fil.

- Bonjour, monsieur Montgibaud.

- Bonjour, madame Norton.

- Je vous appelle pour avoir des nouvelles de votre enquête parce que le procès de Franck se rapproche et je m'inquiète.

- N'ayez aucune crainte ! Mes investigations progressent. Je ne peux pas vous en dire davantage au téléphone mais gardez espoir, je vais innocenter votre fils.

- En fait, j'aurais voulu vous voir car je ne vous aie pas tout dit au sujet de Riton.

- On pourrait se rencontrer demain mardi vers 19 heures chez vous.

- Ce serait parfait.

- Alors, à demain.

Qu'est-ce que Jocelyne Norton voulait m'avouer que je ne savais déjà ?

Machinalement, j'appuyai sur une touche de ma boîte à messages de mon bigophone en regardant la photo de Simon posée sur le buffet de la salle de tortore. Je sursautai quand sa voix de crécelle gicla de mon répondeur.

- Salut, papa ! J'espère que tu vas bien. Nous sommes lundi et j'ai besoin de toi mercredi. Je dois écrire un truc sur une de mes passions. J'ai pensé aux chevaux. Rappelle-moi très vitre. Bisous, je t'aime.

Le pauvre gamin allait être déçu, c'était certain. Je ne pouvais pas me libérer de mon enquête à la gomme.

Je pressentais un conflit gargantuesque, un tsunami filial chez les Montgibaud, digne des grandes sagas, style *Dynastie* ou *Dallas.* Un truc interminable.

Après avoir ébouriffé mon courrier, constitué de factures et de pubs, je m'envoyai un soda bien frais : un coca light. Pour apprécier les bulles sans grossir et un max d'aspartam ! Vraiment gonflés les publicitaires !

Le Compact Disk que je plaçai sur la platine n'était pas rigolo mais il me permit de relativiser la situation. Le *Requiem* de Mozart, je l'avais écouté et réécouté. D'ailleurs, la nuit pendant mes insomnies, certaines mesures de l'œuvre venaient me titiller les zygomatiques et me permettaient de retrouver la sérénité. Surtout avec *Sanctus*.

J'étais près à 'ouvrir cette boîte à chaussures renfermant les secrets de Riton et peut-être la clef de son assassinat.

Avec précaution, mes paluches dotées de gants de chirurgien dégagèrent l'adhésif qui protégeait le trésor mais ne purent éviter de laisser une trace blanche derrière elles telle une traînée de poudre.

Je savais que je tenais une bombe entre les mains. Un explosif qui aurait pu m'envoyer directement en calèche. Dissimulation de preuves, voilà, comment cela s'appelait. Le commissaire Bouvard avait bâclé son enquête et ses sous-fifres n'avaient pas été chercher plus loin que le bout de leur nez. Cette contre-enquête me donnait la troliquette mais je sentis que je n'allais pas le regretter.

D'abord, j'aperçus une enveloppe marron de taille A2. Elle contenait des polaroïds. Une petite trentaine. Sur chaque cliché, des femmes posaient en tenues légères. Rien d'obscène dans tout cela. Juste de l'érotisme. Ces nénettes étaient de toutes tailles et toutes nationalités. Il y en avait pour tous les goûts. Un petit mot accompagnait les clichés : *Voici, toutes mes conquêtes et je ne renie rien.* Signé Henry Norton sur une carte de visite de l'entreprise Norton.

Tous ces minois féminins ne m'évoquaient pas grand-chose. Je les dévisageai mais rien ne remontait à la surface de mon carafon. Je pris la décision de scanner toutes mes découvertes après avoir fouiné plus en profondeur dans la boîte. Une seconde enveloppe marron du même calibre que la précédente cracha des lettres. Une écriture d'adolescente avec des O sur les i recouvrait les enveloppes. Il s'agissait de la même personne qui avait rédigé une cinquantaine de courriers. J'ôtai l'élastique qui les unissait les unes aux autres et décachetai la première enveloppe. Je parcourus furtivement le papier quadrillé rose pour connaître l'auteur de cette missive. Il s'agissait de Gwladys. Elles étaient toutes signées Gwladys. Mais était-ce la sœur de Jocelyne ? Je ne me souvenais pas de son visage sur la photo de mariage.

Le sang me monta à la tête. Mon enquête se compliquait. D'après les indices dont je disposais, cette Gwladys avait joué un rôle certain dans les mois précédant la mort de Riton. Mais dans quelle mesure ? Il me fallait étudier attentivement la correspondance pour tirer cela au clair.

Enfin, je sortis une cassette vidéo d'une troisième enveloppe, similaire aux deux autres. Aucune jaquette ou autocollant dessus. Je ne pus m'empêcher de la donner en pâture à mon magnétoscope.

Une donzelle apparut à l'écran, sapée d'un porte-jarretelles. Elle se caressait le barbu. Je ne reconnus pas cette fausse rouquine. J'avais devant moi la preuve irréfutable de son imposture de rouquemoute.

J'appuyai sur avance rapide. Alors la starlette de Super 8 s'anima à vitesse grand V et effectua un strip-tease torride. Au terme de son exercice de charme, elle balbutia quelques mots. Je fis plusieurs allers et retours pour saisir ses propos. Je ne savais pas lire sur les lèvres.

Quand je finis par décrypter ses paroles, je restai figer comme une moule. Elle disait :

- Je veux que tu te souviennes longtemps de ta Gwla-Gwla, qui n'a pas froid aux yeux ! Viens Riton !

J'arrêtai aussitôt le magnéto parce que Henry Norton apparut à l'écran en tenue d'Adam et venait rejoindre sa dulcinée au pieu.

Aussitôt, je pris le paquet de polaroïds et tentai de retrouver le visage de la fille sur la cassette. Sa frimousse caracola en cinquième position et sur le cliché était inscrit au stylo à bille comme je le présentai : Gwladys.

Avant toute chose, je fis une copie de toutes les photos et des lettres de Gwladys avec mon scanner afin de les étudier ultérieurement. La cassette vidéo ne m'était pas nécessaire. D'ailleurs, je la rembobinai avec un certain dégoût d'être entré dans l'intimité du Riton.

Demain, je remettrai la boîte à chaussures où je l'avais trouvé et basta !

Après avoir bouclé mon appart, je repartis avec mon trésor au frais, dans mon sac à dos en direction de chez Robert.

Ce matin-là, dans la caisse en direction de *Chez Camille*, je ne jactai pas avec Robert. J'avais une boule au niveau du buffet. La boîte à chaussures était dans ma besace et il ne me fallait commettre aucun impair sinon la potence m'attendait.

Chez Camille était ouvert. En entrant, ma première intuition fut très désagréable. Je flairai le danger. Ce qui était fantasque puisque Camille n'était pas plus soupçonneux que d'hab. Cependant, j'avais la sensation qu'il me scalpait la face plus vicieusement. Psychologiquement, cela était explicable après mes découvertes sur la vie de Henry Norton.

Et puis il y avait cette musique classique qui inondait l'établissement. Une nocturne de Chopin qui emplissait mes esgourdes à miel. J'avais pensé que la grosse baleine de Camille aurait été plutôt musicologue à la petite semaine, genre piano du pauvre à toute berzingue.

Ses yeux noirs me fixaient derrière les mèches de ses tifs luisants comme des frites justes sorties de l'huile bouillante ! Il but une longue goulée de son verre crasseux de bière, rota aussitôt après, puis me serra la paluche. Les traces de mousse blanchâtre sur sa moustache lui donnaient l'allure d'un matou de gouttière enragé.

- Salut, Marco ! Ca va.
- Salut. Ouais. Je te remercie.
- Je te sers comme d'hab'.
- Ouais. Merci.

Encore ankylosé par la pionce et cette flippette au bide, je ne la vis pas immédiatement. Elle était posée à côté du grille-pain. C'était ma radio portative Sony que l'on m'avait chouré le Jour du Seigneur précédent à l'hôtel *Morphée Land*.

Camille me matait comme un dingo de voyeur. Il ne ratait pas une miette de mes réactions. Je ne pus ravaler ma surprise et ma rage.

- Je vois que tu zieutes ma radio ironisa-t-il. Une petite merveille. Elle marche du tonnerre de Dieu ! C'est un camelot qui me l'a vendue pour une poignée de cerises.

Face à ces félicités provocantes et irritantes, je bus d'un trait le calva servit avec mon café.

D'habitude, je ne touchai pas au dé d'alcool. Par principe d'hygiène. Aujourd'hui, la moutarde me montait tellement au nez qu'il fallait absolument la stopper. La couche de napalm made in Normandie tapissa mon estomac et m'irrita si fortement les boyaux que je crus gerber. Chaleur contre colère, ciboulot contre boyaux, je dus batailler ferme. Au finish, je réussis à rester digne.

- Je crois que je vais prendre une chambre chez toi, Camille ! Je suis claqué depuis quelques jours.

- Ah, tu deviens raisonnable ! Ça fait plaisir ! En plus, je suis certain que tu ne le regretteras pas.

L'ogre me resservit une autre rasade de calva. Lamy apparut alors et Camille lui apprit la nouvelle.

Au boulot, je décidai d'appeler Ryan pour déverrouiller l'ordinateur. Il était 10 H 30, il me fallait impérativement pianoter sur la bécane. Je composai son numéro de téléphone scotché sur le bas de l'écran et attendis. Une voix virile décrocha :

- Je me présente Marc Montgibaud, je travaille pour la société Norton…balbutiais-je.

- Mon frère Franck m'a parlé de vous. Vous voulez que l'on se rencontre prochainement ?

- Si cela est possible. J'ai des soucis informatiques.

- Demain à quinze heures, je viens vous dépanner.

- D'accord, merci.

Discrètement, à l'abri des regards, je remis la boîte à shoes à l'endroit où je l'avais débusquée. Personne n'y vu que du feu !

Lamy passa plusieurs coups de bigo puis se rendit dans le hangar bricoler quelques moteurs. Plusieurs clandés le rejoignirent peu après.

Une sensation de vertige s'empara de moi. Je redoutais la soirée qui s'annonçait et la couche que m'avait *proposée* Camille. J'en flippai à l'avance. Je pris un Xanax pour décompresser et je mis à penser à Simon. Simon, justement ! Je ne l'avais pas rappelé pour notre rancard du mercredi! Merde, il allait me tirer une tronche de quinze mètres.

Contrairement, aux trois quarts de la population française, je refusais catégoriquement à me munir d'un téléphone portable. Les mouchards, je détestais, cela ! La liberté n'a pas de prix. Bon, j'avoue que dans certaines situations périlleuses, ce bouzin à ondes pouvait sauver des vies. Toutefois, je renâclais à être irradié. Je n'étais pas une quiche ou une pizza !

De récentes expériences scientifiques ricaines en laboratoire avaient démontré que les rats qui étaient exposés aux radiations d'un portable pendant plus de 5 heures par jour plusieurs mois d'affilés, finissaient avec une tumeur au cerveau.

Quand j'affranchis Robert de cette info, il me rétorqua :

- Ce sont des conneries. Tu as déjà vu un rat téléphoner !

Je pris la décision d'appeler mon fils de l'extérieur. Je craignais les grandes oreilles dans cette boîte à la con. Aussitôt, cela me fit songer au gros Camille et sa perversité. Que mijotait-il à mon encontre ?

En tout cas, ce matin, en me narguant avec ma radio, il avait voulu me faire passer le message suivant : Attention, je t'ai à l'œil mon coco et je peux être redoutable !

Robert avait raison sur toute la ligne. C'était de dangereux malades mentaux, ces mecs !

Cet après-midi-là, je débauchai à 14 heures. J'en avertis Guillaume qui bectait avec des clients au resto. Tu parles, il se terminait à la poire, oui ! Je lui laissai un message sur son micro-onde portatif !

Il fallait me rendre chez Jocelyne Norton, puis mettre Robert au parfum de toute mon enquête.

Par chance, Jocelyne habitait à une demi-heure de là, en transports en commun et un quart d'heure à vol d'électeur, je veux dire de pigeon !

J'avais une demi-heure d'avance sur notre rendez-vous. Je la mis à profit pour prendre Jocelyne au débotté. Il serait toujours intéressant d'analyser sa réaction à chaud.

Quand j'arrivai dans sa rue, je croisai sur le même trottoir, la fille de la cassette qui giclait indubitablement de chez Jocelyne. Il devait s'agir de sa sœur Gwladys. Emmitouflée dans un manteau de renard, elle faisait un peu frangine. Ses hauts talons aiguilles n'arrangeaient rien et provoquèrent l'excitation en moi, l'étalon corrézien. Pourtant, j'accélérai le pas en direction du pavillon de banlieue.

Alors, je cognai à la lourde pour signifier ma présence.

- Tu as oublié quelque chose, Didi ? s'exclama Jocelyne Norton en ouvrant la porte sans avoir mis son œil dans le judas. Machinalement, elle se passa une main sur son brushing impeccable, quand elle me reluqua :

- Oh, mais vous êtes en avance, monsieur Montgibaud ! fit-elle le constat. Enfin, ce n'est pas grave, vous êtes le bienvenu.

Madame Norton me fit signe d'entrer et comme l'exige le protocole de bonne éducation, j'essuyai mes grolles sur le paillasson installé à cet effet.

Nous nous retrouvâmes dans la même pièce que lors de notre premier entretien. Assis dans le canapé, Jocelyne me confia :

- Je voulais vous rencontrer pour vous éclaircir davantage sur la personnalité de ma sœur Gwladys. Cela vous sera utile pour votre enquête.

Comme vous le savez, avec ma sœur, nous sommes inséparables et d'ailleurs elle vient de me quitter, il y a quelques minutes avant que vous n'arriviez.

Seulement, il faut que vous sachiez qu'elle a été adoptée par mes parents et qu'elle l'ignore. Elle a connu beaucoup de déboires sentimentaux. On l'a dit volage et manipulatrice mais c'est faux ! Je pense que Riton et moi étions un modèle de couple pour elle, et qu'elle a tenté de nous imiter mais en vain. Je crois qu'à un moment de sa vie, elle allait tellement mal, qu'elle a eu recours à la prostitution. Mais c'était pour survivre. De toute manière, personne ne doit la juger. C'est ma sœur !

Toutefois, c'est bizarre mais elle n'a jamais cadré avec le reste de la famille.

En nous observant, on comprenait aussitôt qu'elle était une étrangère parmi nous. Comme si la Nature reprenait ses droits et faisait fi des mystères.

Je préfère que ce soit moi qui vous mette au courant de la vérité, plutôt qu'un quidam assoiffé de vengeance.

- En fait, j'ai déjà eu connaissance des problèmes existentiels de votre sœur. Je ne suis pas là pour lui jeter la pierre. D'ailleurs, entre nous, révélez-lui la vérité, un de ces quatre. Cela ne pourra qu'améliorer son état.

- D'autre part, ajouta Jocelyne, mon mari n'était pas un saint mais il n'a jamais magouillé dans les combines sordides de Camille Lettellier, le propriétaire du bistrot du même nom. Ce gros dégueulasse a tenté d'embarquer Riton dans ses sales affaires mais il a toujours échoué !

Je ne tolérerai pas que notre nom soit terni par qui que ce soit !

- Ne craignez rien. Je suis sur une piste sérieuse concernant le meurtrier présumé de Henry. D'ici quelques jours, je serai en possession de preuves irréfutables. Tout sera réglé avant la date du procès de Franck dont nous allons devoir demander le report auprès du tribunal pour qu'il puisse étudier les nouvelles pièces du dossier d'instruction.

C'est promis, je vous tiens au courant.

En ressortant de chez Jocelyne Norton, je ressentis de la honte dans ma pitoyable carapace de gros os. Les deux sœurettes se blousaient mutuellement. Ah, quel beau tableau de la famille tuyaux de poils ! Mes soupçons se posaient sur la caboche de Gwladys, la plus frangine des deux ! Sa vengeance aurait pu être le mobile du meurtre de Riton. La jalousie envers le couple de sa sœur. Les lettres que j'avais scannées m'en diraient davantage.

Une cabine téléphonique s'invita dans le paysage et me fit penser à Simon. Je m'engouffrai alors dans le parallélépipède de verre et d'acier qui fleurait bon la pisse et la clope. Dans ce clapier à virus, je décrochai le combiné. Aussitôt, la voix de Simon se fit entendre à l'autre bout du fil.

- Allo, fils !

- Allo, papa ! Tu as eu mon message ? J'espère que tu es dispo pour demain.

Je laissai un blanc dans la conversation. Pauvre de moi, je cherchai le vocabulaire approprié pour ne pas heurter la sensibilité de l'être que j'aimais le plus au monde.

- Non !

- Quoi, non ! Tu ne bosses pas ! Tu te le coules douce toute la journée alors que maman travaille et moi, je vais à l'école. Je ne te demande jamais rien et quand j'ai besoin de toi, tu ne peux pas te libérer. Ça sert à quoi, un papa comme toi ?

- Écoute, Simon ! J'ai des impératifs à remplir. Je ne peux vrai…

Alors le *la* du téléphone résonna. Le lardon venait de raccrocher furibard.

Je sortis de la cabine après avoir composé un numéro bidon pour que la touche Bis soit inutilisable et ne moucharde pas. Mon côté paranoïaque…et préventif en cas de filature. Je savais que cette histoire avec Simon en était à ses prémices. Il ne se priverait pas à la première occase à remettre cela sur le tapis. Simon était rancunier et belliqueux avec ça. Un authentique lion. D'ailleurs, tout niard, il lorgnait à tout va, le *Roi Lion* de Disney. Il s'identifiait à *Simba* et moi, j'étais *Moufassa*. Quand nous faisions la bagarre, il se défendait bien le vermisseau !

Je repensais à tout cela en rentrant chez moi en transports en commun. Ces deux années passées, j'avais été malheureux comme les pierres de ma séparation avec Sarah et Simon. J'avais vu grandir mon fils de loin. Je me souvenais avec clarté de l'état lamentable dans lequel mon âme avait fermenté.

J'étais tellement fragile que certaines chansons m'étaient impossibles à écouter. En particulier, un titre de Jean Jacques Goldman, *Reprendre, c'est voler*. Son refrain devint un chemin de croix. Ces quelques mots et la mélodie me mettaient en larmes comme une pisseuse à un concert de son groupe favori.

Mais l'amour, tu peux tout le garder
Un soir, je te l'avais donné
Et reprendre, c'est voler
Et reprendre, c'est voler

Aujourd'hui, j'allais mieux grâce aux cachetons. En définitive, j'avais tout pour être heureux et m'épanouir : un compte en banque croulant sous les biffetons, une future et ex-femme encore amoureuse de ma carlingue et un fils *presque* modèle.

J'aurais pu envisager de m'acheter tous les petits extras qui me faisaient envie et pourtant tout ce blé m'effrayait. J'en avais tellement que si je ne me dépatouillais pas dans cette jungle fiscale, j'allais payer des impôts plein pot. Mon beurrier avait intérêt à se rancarder sur les abattements et autres niches fiscales sinon je sentais que ses concurrents se feraient un plaisir de m'accueillir dans leurs crémeries.

J'avais établi une théorie fumeuse sur la dépression et l'argent. Je vous la livre, chers lecteurs :

Un dépressif riche a plus de 50 % de rechute qu'un type au RSA ou au SMIC. Le pauvre aux poches crevées cherchera toujours à remonter la pente de son existence, si misérable soit-elle, afin d'améliorer son quotidien et sortir de son trou à rat. Exit les enseignes commerciales Hard Discount défiant toute pauvreté.

Le dépressif plein aux as, quant à lui, le ciboulot atteint par la sinistrose, se laissera aller parce que plus aucun challenge ne l'animera, ne l'excitera. Les cocktails, les pince-fesses et autres sauteries de Madame La Baronne, il en aura trop soupé. Pépère Crésus devra se requinquer sans perdre de temps, car le temps, c'est de l'argent et afin de d'échapper à la ruine et, à la déchéance de son statut social. Pourtant, cela serait salvateur pour lui de tout perdre car il redeviendrait pauvre et ferait tout pour récupérer sa richesse d'en temps. Il devrait alors mettre les bouchées doubles.

Je sais, chers lecteurs, cette théorie est abracadabrantesque et saugrenue mais elle me rassurait et me fournissait le carburant nécessaire pour survivre à mon mal d'être.

Quand je fus dans mon appart, je me jetai sur mon ordinateur pour consulter la correspondance entre Gwladys et Riton que j'avais scannée. Les premières missives étaient des mots à l'eau de rose et gnian-gnian. Gwladys ne tarissait pas d'éloges à l'égard d'Henry, du style : *Mon amour, toi, l'homme de ma vie, ma moitié..etc* Son écriture d'adolescente attardée dénotait une sensiblerie exacerbée. Elle croyait dur comme fer à cette relation adultère et faisait des projets sur la comète. Une baraque, des niards, et le labrador qui va avec pour garder tout ce petit monde. Henri, certainement paniqué par cet élan d'amour avait dû mettre les *Oh, là !* puisque dans l'une de ses lettres, Gwladys répondit : Ne t'inquiète pas pour mon amour, je ne dirai rien à personne de notre relation. Je ne veux pas faire souffrir inutilement ma sœur. Elle connaîtra assez tôt la vérité.

Tout semblait se dérouler parfaitement entre les deux amants. D'ailleurs, Gwladys ne se gênait pas pour exprimer sa satisfaction à Riton pour les coups de baguettes magiques qui lui avait mis la veille au soir !

La seule chose dont Gwladys se plaignait, c'était le manque d'assiduité de Riton dans la réponse à ses bafouilles.

Je pus constater une dégradation certaine dans leur relation à partir de la quarantième lettre. Riton semblait lasser et ne répondait plus. Gwladys le traitait de tous les noms d'oiseaux et le menaçait de tout dévoiler à sa grosse. Plus les jours passaient et plus les missives se transformaient en insultes. Finis les mots doux, bonjour les règlements de comptes !

La dernière lettre, avant l'assassinat de Riton, datant du mois de mai, contenait cet agréable plébiscite :

Espèce de crevelure, je vais te faire la peau ! Tu m'as traité comme une vulgaire pute mais tu vas me le payer. Je vais engager des types qui vont s'occuper de toi. Ton argent ne changera rien à ma décision.

Je possédais la preuve écrite et signée que Henry Norton était menacé.

Mon palpitant devait se tailler 120 pulsations au repos. Il fallait que je relativise en parlant à Robert. Comme toujours, il me serait de bon conseil.

Aussitôt, je préparai quelques affaires et me rendit chez lui.

A 20 heures, en arrivant à *Le rouge est mis*, il était certain que Robert aurait déjà tiré le rideau, chopé par la peau du derch les derniers piliers zingueurs et remercié les habitués de leurs visites.

Et ce fut le cas. Je passai donc dans la cour et sonnai à la porte d'entrée. Robert m'accueillit avec un torchon bleu autour de la taille et une succulente odeur de tortore. De la bectance que l'on aurait bouffée sur la tête d'un pouilleux. Robert ne faisait rien dans la mesure. Quand il cuisinait, y en avait pour tout le quartier, poils au nez (j'avais envie !)

Je fus donc invité à m'attabler avec la famille Charbonnier. Xavier apparut aussitôt que la voix de son pater eut retenti dans la tôle avec un *A table* ! peu aimable. Vindicatif.

Et pourtant, c'était Robert qui avait vu juste, mis dans le mille, Mimille ! La graille n'attendait pas. Une minute de trop et c'est cramé.

Entre deux bouchées de cet impérial bœuf bourguignon, je lâchai les nouvelles sur mon enquête et formulai mes conclusions.

- Tu sais, cela peut être une coïncidence ! grogna Robert en engloutissant deux rondelles de carottes et un semblant de navet. Cette souris est certainement innocente. Tu la vois se servir d'un ptchouka, toi ?

- Justement non ! Elle aurait uniquement commandité le meurtre.

- Trop simpliste ! D'ailleurs, les schmits n'ont pas retenu cette hypothèse, c'est dire !

- Simplement parce qu'ils ignorent tout de la liaison entre Gwladys et Henry Norton et qu'il existe une correspondance.

- Bon, écoute coco ! Avant d'envoyer un pavé dans la mare, pèse les conséquences de ton acte. Si tu te plantes, Franck Nelson prendra le max alors fignoles ton taf.

- Tout me semble clair comme de l'eau de roche. Il ne me reste plus qu'à rencontrer Ryan Norton, le frère de Franck, et je pourrais enfin boucler cette affaire.

- Ryan Norton. Mais c'est un pote à moi ! s'écria Xavier. Il m'a tout appris en informatique. C'est une bête de la technologie, ce mec ! Mais je crains que tu n'en tireras rien. Il est secret. Il faut du temps avant qu'il n'accorde sa confiance.

Jusqu'à ce jour, aucun système électronique ne lui a résisté. Ryan les a tous forcés. Dans le milieu, on l'appelle Passe-Partout ! C'est le champion des hackers !

- Je dois le voir pour lui parler de l'informatique de l'entreprise de son père, qui est inutilisable sans les codes d'accès.

- C'est marrant parce que je pensais à lui, il y a quelques jours s'étonna Xav en piquant férocement un morceau de bœuf avec sa fourchette.

Tout à l'heure, je vais aller titiller son ordinateur. J'ai un nouveau virus capable de prendre le contrôle à distance d'une unité centrale. Je vais tenter de m'approprier toutes les données de son disque dur. Mais je ne me fais guère d'illusions. Il doit avoir tout sécuriser.

- En tout cas, pas un mot sur mon enquête suppliai-je.

- Tu me connais ! répondit Xav.

Lorsque nous arrivâmes au dessert, les profiteroles au chocolat me rendirent jouasse mais sans plus. L'ombre de Camille Lettellier commençait à venir gâcher ma digestion. J'avais mis au parfum mes amis pour la chambre du gros. Alors, Robert me reproposa son flingue mais je refusai encore.

En m'approchant de *Chez Camille*, une répulsion quasi épidermique prit possession de ma carcasse. Allais-je me jeter dans la gueule du loup sans broncher ? Non. Ce type me faisait gerber mais il fallait que je le défie pour m'affirmer et peut-être en apprendre davantage encore sur Henry Norton.

Il était 22 H 30 et l'établissement frétillait par la présence d'une dizaine de pochetrons et pelousards. Il y avait une nocturne à Longchamps. Un écran géant déversait des images de chevaux en pleine action avec toutes les cotes et les rapports.

A mon arrivée Camille n'était pas là. Un autre gugus servait derrière le zinc. Il était de corpulence chétive et déplumée sur le caillou. Il portait une tenue en noir et blanc de loufiat.

- Je paris que tu es Marco ! me dit-il en faisant apparaître les deux pitoyables chicos qui lui restaient sur son damier. Je me présente, je suis Mario.

Camille t'attend en bas dans la salle de billard.

- Il a pensé à me réserver une piaule ?

- Bien sûr ! File-moi des frusques, je vais te les monter à l'étage.

Heureusement, j'avais prévu la parade puisque mon bagage ne contenait que des fringues et objets sans valeur. Je n'allais pas me faire bebar une seconde fois.

Soudain, une paluche se posa sur mon épaule. Elle me fit sursauter.

- Flippe pas, Marco, c'est moi ! ricana Guillaume Lamy. Je vais t'accompagner jusqu'en bas.

Le pochetron chlinguait l'eau de Cologne, à 0,50 euros. Pas entre les aisselles ou sur la binette, mais dans la gouaille ! Sacré Guillaume. Il avait atteint un degré…d'alcoolisme digne des plus grands picolos du monde.

En bas, un calme relatif régnait. Plusieurs tables de billard se désespéraient au milieu de l'immense salle qui flirtait avec la pénombre. Pourtant, une odeur de cigare planait et des voix sourdes parvenaient de derrière une immense affiche du film *La couleur de l'argent* de Martin Scorsese fixée sur le mur du fond.

- Je parie que ça t'intrigue toute cette mascarade mais te bile pas, tu vas en avoir pour ton argent ! me glissa calmement Guillaume.

Il me demanda de le suivre jusque devant les belles gueules de Tom Cruise et Paul Newman sur l'affiche. Maintenant c'était clair que derrière le morceau de papelard, une bande de types devaient se fendre la margoulette. Guillaume Lamy appuya sur les mirettes du minot Cruise de chimère et le mur pivota pour s'ouvrir sur une salle clandestine de jeux. Au premier coup d'œil, je ne pus répertorier avec exactitude toutes les activités proposées mais on se serait cru à Las Vegas. Camille m'accueillit chaleureusement.

- Salut, mon pote ! J'ai bien cru que tu n'oserais jamais ramener ta fraise !

En parlant, nous dépassâmes plusieurs tables où se déroulaient des parties de jeux de cartes diverses et variées. À chaque extrémité de la pièce, des bandits manchots étaient entreposés. Il y avait même des flippers.

- Tu es ici chez toi ! reprit Camille. Tu choisis le chpil auquel tu veux participer et en avant. La banque t'avance l'oseille dont tu as besoin. Si tu gagnes, c'est tout bénéf et si tu perds, nous te permettons de nous rembourser en plusieurs mensualités avec intérêts naturellement. Il faut bien que nous vivions !

- D'accord !

- En attendant, je te paie un coup. C'est gratos !

Camille me mena près d'une scène, à une table recouverte d'une nappe de papier verte où trônait un seau à champagne et des verres.

- Maintenant, installe-toi peinard dans ton siège me conseilla-t-il parce qu'il va y avoir de l'action. Attache ta ceinture parce que ça commence MAINTENANT !

En un seul coup de pinceau, Camille déclencha un baroufle du diable avec de la musique techno en fond sonore. Alors des strip-teaseuses apparurent de derrière un rideau.

Je devais en convenir : c'était du grand spectacle digne du Crazy Horse Saloon. Il y avait de la touffe à ne plus savoir qu'en faire. D'aucuns auraient dit de la fente puisque toutes les touffes étaient épilées mais on n'allait pas chipoter ! Les créatures qui défilaient comme des majorettes avaient des tailles de guêpes et de belles joues en bas du dos !

Elles avaient commencé leur spectacle en tenue militaire américaine puis au fil de leur prestation, elles s'étaient retrouvées en string…minimum !

Étonnement, une chorégraphie avait été élaborée pour le besoin du show et des effets spéciaux tels que des stroboscopes et de la fumée entrèrent en action.

Un véritable régal pour les pupilles. Je détaillais lubriquement les atouts de ces demoiselles et franchement il n'y avait rien à dire. Elles tourbillonnaient divinement autour des barres fixées sur le plateau.

Camille ouvrit une bouteille de Veuve Cliquot et me servit une coupette. L'alcool me monta aussitôt au ciboulot et accentua mon plaisir de voyeur.

Cette vésanie intérieure aurait prospéré davantage si la vision de Gwaldys n'était pas venue gâcher l'événement. Aucun doute sur l'identité de la naïade fatiguée de cinquante piges qui peinait à se dandiner sensuellement devant nous, mais quand elle fit galoper sa langue sur ses lèvres pour nous aguicher davantage, mon ébullition du bas-ventre s'évanouit et je repensai alors à mon enquête sur le fumage de Riton Norton.

- Si une fille te plaît dis-le-moi ! me glissa Camille. Elle est à toi.

La convivialité de Camille à mon égard me déroutait. Que cherchait-il exactement ?

Quand Gwladys descendit les quelques marches qui la séparaient du sol et vient frotter ses obus mammaires contre mon visage, je jouai le type émoussé par tant d'amabilité.

- C'est celle-là qui te plaît ? gueula Camille.

- Non ! répondis-je avec une assurance certaine.

Alors Gwaldys s'éloigna de nous avec un sourire mécanique et rejoignit ses cons sœurs.

Quelques minutes plus tard, leur prestation se termina.

- J'espère que tu as passé un bon moment ? Parce que moi, à chaque fois, elles me coupent la chique, ces gonzesses ! Mais la soirée ne fait que commencer. Choisis un jeu et éclate-toi !

Il me remit un sac plastique transparent rempli de pièces et de billets avec une étiquette dessus : 1500 €.

Alors, je suivis les conseils de Camille et m'avançai vers les machines à flouze. Ces bouzines mécaniques m'avaient toujours intrigué. Cependant je les suspectais d'être dotées d'un mécanisme capable de favoriser la chance quand leur propriétaire le souhaitait.

Malgré mes nombreuses tentatives de décrocher le gros lot, je ne récoltai que des petites piécettes jaunâtres de consolation.

Lassé, je me laissai guider par mon inspiration et décidai de poser mon séant à la table de la roulette. Je misai alors quelques tunes sur les 3 rouges impairs. La baraqua semblait me fuir, aussi, je quittai le jeu sous l'œil surpris de mes partenaires et me dirigeai vers un flipper.

Cet engin avait accompagné toute mon adolescence et à cette époque de ma vie, j'avais usé bien plus mes majeurs avec lui qu'avec les filles !

Sur le panneau horizontal de la machine bardée d'électronique, *Flesh Gordon* clignotait de tous ses oripeaux. C'était une parodie érotique de *Flash Gordon*, le space-opéra. Je me pris au jeu et *claquais* plusieurs fois l'engin qui me fila des parties gratos. Intérieurement, je jubilais. Je n'avais rien perdu de ma dextérité d'antan. A cause de cette flatterie pour mon ego et des coupettes de champagne que me servaient régulièrement d'adorables toutounes, j'étais aux anges. De ce fait, je ne vis pas la salle clandestine se vider comme la mer se retire au Mont Saint Michel. Au finish, nous terminâmes à quatre dont Camille. Celui-ci était attablé avec deux autres gus et semblait se fendre la poire.

- Marco, viens nous rejoindre, je vais te montrer un jeu absolument frissonnant mieux que le grand huit.

- J'arrive !

J'achevai ma partie puis m'avançai vers le gros dégueulasse et ses compères à moitié cuits.

- Assieds-toi m'invita Camille. Ce que je vais te montrer, Riton adorait ça ! Cela lui procurait un plaisir au-delà de tout. D'abord, il faut se mettre en condition pour ne pas chier dans son froc.

Il ouvrit une bouteille de vodka et nous versa un coup à chacun dans de petits verres utilisés à cet effet.

- C'est de la bonne bibine, elle vient directement de Moscou par un de mes clandés qui m'en file plusieurs litres par mois et pour pas un rouble. Il essaie de fayoter alors j'en profite.

Je bus d'un trait le contenu de mon verre et je sentis que le liquide russkof aurait pu déboucher n'importe quels gogues ! Pour moi, ce fut le coup fatal. Ma vision se brouilla puisque Camille ne faisait plus une taille XXXL mais XXXXL minimum et il avait deux claque-merde et quatre mirettes qui gigotaient dans tous les sens. Cependant, j'entrevis qu'il sortit un colt de dessous son pull. C'était une arme de cow-boy dont j'ignorais le nom et le calibre. Son geste ne m'effraya même pas. Pourtant, il aurait pu me tirer comme un lapin. Mais il s'en dispensa et fit coulisser le barillet et y introduisit une bastos dans la chambre. Ensuite, il referma le barillet et le fit tournoyer pendant une bonne minute. Après, avec un sourire lubrique et niais, il me tendit l'arme par le canon.

- A toi, l'honneur, mon cher. Tu es nouveau et il faut absolument t'affranchir. Après cela, je sais que je pourrais te faire confiance. C'est ton assurance vie !

À cet instant, et j'ignore encore pourquoi, je pensai à Mozart. Peut-être parce qu'en argot, un flingue porte le même nom. Wolfgang Amadeus Mozart était mort à 35 ans des suites d'une paralysie des rognons. La différence entre nous, c'était qu'il avait composé de nombreuses pièces de musique et des opéras en une courte période et qu'il avait marqué à jamais l'humanité par son génie créateur. Quant à moi, à 37 ans, le constat n'était pas glorieux : une carrière professionnelle quasi nulle, une vie affective très perturbée et une fortune colossale à dépenser. Ma seule réussite importante était Simon.

Quand je plaçai le canon du pétard contre ma tempe, je pensai à lui. Mon cortex embué d'alcool savait que je faisais une connerie mortelle. Le morceau d'acier froid me fit frissonner. Ce geste débile, quelques années auparavant, j'avais voulu l'accomplir de mon plein gré mais ce fut peine perdue. Et c'était tant mieux. Je tirai le chien vers l'arrière et appuyai aussitôt sur la détente. Un clic se produisit et puis rien d'autre. Aussi, je fixai mes acolytes qui rigolaient à gorge déployée puis m'effondrai sous la table.

Depuis des années, j'avais oublié les *délices* du réveil d'un pochetron après une nuit arrosée. La bouche pâteuse, la casquette sur le crâne et la guigne pour se déplacer parce que le plancher danse la lambada. Quand je voulus poser un pied-à-terre pour aller vidanger les olives, je dus y renoncer. J'avais l'impression d'avoir mis des chaussures à bascule. Contraint et forcé, je restai allonger sur le padoque de cette chambre dont je ne me souvenais pas m'y être pieuté quelques heures plutôt.

Ce fut Camille, en personne, qui vint à mon secours. Le gras-double semblait frais comme un gardon. Il devait avoir l'habitude de ces beuveries interminables et nocturnes.

- Alors mon chou, tu viens d'éclore ? me nargua-t-il.

- Ouais et franchement, je suis totalement H.S.

- T'inquiète, je t'ai apporté une potion magique qui va te permettre de passer la journée tranquille. Tu auras les idées claires et nettes.

Et effectivement, il avait un verre et une bouteille à la main, qui contenait je ne sais quelle bestiole qui flottait en sa lie.

- Pas de conneries ! lui indiquai-je fermement.

- Calmos, mon gars ! Tu sais que le test que tu as passé hier soir, très peu de mecs l'ont réussi. Toutes les tarlouzes qui ont essayé de me leurrer, elles ont terminé dans du béton au fond de la flotte. C'était des mafieux, des indics et même une fois, un flic. Ce trouduc avait sa carte tricolore sur lui. Alors, j'ai fait une exception par déontologie parce que j'ai du respect pour la maréchaussée et il s'est simplement retrouvé à poil dans une décharge publique, tellement beurré que nous n'avons jamais plus entendu parlé de ses zigs. Ben, je peux te dire qu'aujourd'hui, j'ai l'œil !

Camille Lettelier s'avança vers moi et me versa un verre de cette potion magique.

- Tu verras, cet élixir breton va te requinquer. C'est ma grand-mère Honorine qui m'a confiée la recette.

Paternellement, il posa le verre sur mes lèvres et j'avalais le contenu en faisant la grimace. Le liquide avait un goût de vinaigre et de menthe ! Odieux !

Sur l'instant, je me retins de gerber. Le choc fut si rude que je me laissai choir sur mon pieu. On aurait dit que la substance corrosive attaquait mes boyaux pour les réduire en charpie. Par miracle, cette agression gastrique ne dura que quelques instants.

Déboussolé, je me relevai et fis deux ou trois pas. Obélix avait raison. Mes facultés physiques et intellectuelles étaient revenues.

- C'est magique, ton truc !

- Ouais. Une potion qui vient du pays des menhirs et des Bigoudènes. Radicale.

- Il est quelle heure ?

- Midi et quelques graillons !

- Oh, merde, j'ai rendez-vous à quinze heures. Il faut que je sois présentable.

- Pas de soucis. Va casser la graine et Tonio t'emmènera à bon port vers 14 heures.

- D'accord, ce serait sympa.

Moby Dick disparut et je me pris le cigare dans les pognes. Si je n'avais pas eu connaissance de ses antécédents judiciaires, j'aurais pu apprécier la compagnie de ce Père Noël cradingue.

Dans la piaule, un petit lavabo me permit de me refaire une beauté.

Quand je descendis, un repas copieux me fut servi à une table. En fait, une choucroute garnie accompagnée de tous ses ingrédients véritables m'attendait.

Contrairement aux fariboles gastro-enthérologiques, le plat alsacien aiguisa mon appétit et mes coups de fourchette me permirent de me requinquer. Je fis juste une entorse au protocole viticole du pays du Rhin en ne buvant que de l'eau.

Tonio, se radina au moment du dessert. La petite tartelette aux pommes qu'il me proposa, me fit rire le ventre.

Je détestais la conduite de Tonio. On aurait dit qu'il roulait sur des œufs. Il osait à peine appuyer sur le champignon. Il restait prisonnier de la 1ère et la 2ème vitesse.

Toutefois, nous arrivâmes entiers à destination. Encore heureux.

Guillaume Lamy était déjà fidèle au poste.

- Désolé, pour le retard. Tu soustrairas les heures de ma paye.

- T'inquiète pas ! J'ai tout arrangé avec Camille. Il paraît que tu as passé sans difficulté, le rite initiatique de Lettellier. Tu sais que moi, ce jour-là, j'ai fait dans mon bénard ! Je t'assure.

Toi, en tout cas, tu y a été franco ! Je savais que l'on pouvait avoir confiance en toi. Tu es un Seigneur ! Maintenant, je vais te laisser. Je suis à côté dans le hangar. Un problème de mécanique.

Pour reprendre mes esprits, je voulus me confectionner un redoutable café. Sur le paquet était inscrit *pur arabica* mais je doutais de l'appellation quand je vis le logo d'une chaîne d'hypermarchés hard discount. Alors, je mis deux fois la dose ! Le type qui se présenta à moi vers 15 heures 30, était très baraqué et à cent lieues de l'image que l'on se fait d'un expert en informatique. Sous son costard, s'abritaient des muscles saillants auxquels il devait donner en pâture à quelques séances d'haltérophilie intenses et interminables.

Et pourtant, il s'agissait bien de Ryan Norton, jeune homme à l'épaisse tignasse et aux yeux perçants. Il se présenta et me serra fermement la croupière pendant qu'il me scannait intensément de la tête aux pieds.

Je lui proposai alors une chaise devant le clavier de la bécane. Sans palabres inutiles, il entra en action. Avec le savoir-faire des instituteurs d'autrefois, il me confia tous les mots-clefs des codes secrets, nécessaires à l'utilisation de la comptabilité informatique de la boîte de son vieux. Ses doigts galopaient sur le clavier et composaient une musiquette plaisante à l'oreille. Il me montra également quelques logiciels fondamentaux pour bosser.

Plus je le lorgnais et plus je trouvais qu'il avait en commun avec son demi-frangin, la sérénité et la maîtrise de ses gestes.

Comme s'il lisait dans ma caboche, il me dit :

- Franck m'a parlé de vous. Il croit en votre compétence et ne m'a fait que des éloges à votre encontre. C'est vraiment rare de sa part.

- J'en suis flatté !

- Que pensez-vous faire pour lui ?

- Découvrir le véritable assassin de votre père, bien sûr ! J'ai plusieurs indices qui prouvent que votre frère est innocent. Toutefois, il faut qu'il me dise où il se trouvait le soir du meurtre.

- C'est secondaire. Avez-vous un avocat expérimenté dans vos adresses ?

- Oui et d'ailleurs je vais le contacter dès aujourd'hui mentais-je.

- Vous pouvez m'en dire plus concernant votre enquête.

- Non. Pa crainte de vous décevoir.

- Je comprends. Mais je peux vous poser une question ?

- Allez-y !

- Vous semblez impressionner par ma personne, je me trompe ?

- C'est exact. Les clichés ont la dent dure. Les petits génies de l'informatique, on les voit surtout boutonneux, chétifs et bigleux !

- Ah, ouais d'accord ! Désolé pour la surprise ! Concernant la gestion informatique de l'entreprise, vous savez tout. En cas de problème, appelez-moi !

Ryan Norton me salua puis s'éclipsa aussi tranquillement qu'il était arrivé.

Seule, la fatigue s'agrippa à moi comme un noyé à une bouée de sauvetage et m'ordonna de faire une bonne noire, sous peine de m'écrouler. Devant l'écran de l'ordinateur, mes mirettes papillonnaient. Il n'était plus question que je fasse une nouvelle nuit *Chez Camille* sous peine de divulguer ma vraie identité. Le manque de sommeil était mon ennemi numéro 1.

Une idée absurde et subite germa dans mon cortex : aller demander à Ryan Norton de me ramener chez Robert pour y piauter sévèrement. Je n'avais pas la force de prendre les transports en commun.

Sans calculer mon coup, je réunissais mes affaires et courus après le jeune crack. Par chance, il jacquetait avec Guillaume Lamy. Je m'avançais vers eux.

- Désolé de t'interrompre Guillaume mais je rentre me piauter, car je suis claqué. Impossible de me concentrer.

- Je comprends ! Il a passé une soirée *Chez Camille* confia Lamy à Ryan avec un clin d'œil compliee. A ces jeunots, ils ne tiennent plus la route !

- Monsieur Norton, sans vouloir abuser de votre générosité rajoutai-je, pompeusement, pourriez-vous m'amener jusqu'à la gare, si vous êtes véhiculé ?

- Aucun problème. Bon, Guillaume fait pour le mieux et à bientôt.

Je suivis Ryan Norton sans moufter. Il possédait une Renault noire de type Versatis. Tout intérieur cuir. En entrant dans la caisse, je me sentis au chaud et le moelleux du siège m'incita presque à pioncer.

Dès qu'il introduisit la clef de contact dans le démarreur, une musique de Bach s'empara de l'habitacle. Alors, le bolide démarra en trombe.

- Alors, comme cela, vous connaissez Camille Lettelier et ses soirées inoubliables ?

- Ouais. Disons que je n'aie pas pu y échapper.

- Si je comprends bien, vous pensez que l'assassin de mon père se planque dans son entreprise ou dans les milieux proches de *Chez Camille*.

- Il y a de fortes chances, pipotai-je. C'est pourquoi, je m'y suis fait embaucher incognito.

- Pour moi, on ne retrouvera jamais l'auteur du meurtre. Mon père connaissait trop de gens et beaucoup étaient peu recommandables.

- C'est vrai mais je vais y arriver, je l'ai promis à votre frangin.

La gare pointa le bout de ses rails. Notre papotage m'intriguait. J'avais envie d'en savoir plus sur le lascar et sa vie.

Au moment de descendre de la bagnole, je simulai une douleur névralgique au niveau du cigare.

- J'ai la tête comme un chausson aux pommes. Il n'y a qu'à appuyer dessus et la compote se fera un plaisir de sortir.

- Vous habitez loin ?

- Dans la ville voisine. Je loue une chambre dans un hôtel pour couvrir mes arrières.

- Quel hôtel ?

- Le *Morphee Land*..

- Je connais. À côté, il y a le café *Le rouge est mis*, c'est le proprio qui gère l'hôtel. Je vous y conduis si vous voulez.

Sur l'instant, j'avais oublié la relation entre Ryan Norton et Xav mais la boulette était faite et je ne pouvais qu'en attendre les retombées. Si Ryan était complice de

Gwladys, il était possible qu'il tente de me zigouiller pour étouffer la vérité.

- Vous connaissez le quartier ? osai-je demander avec ironie.

- Ouais. Il y a quelques années, j'ai créé un club informatique et le fils du propriétaire de *Le rouge est mis*, Xavier Charbonnier, fut l'un de mes membres. Un gosse très prometteur qui pige au quart de tour, ce qu'on lui enseigne. C'est appréciable. Vous le connaissez ?

- Non. Je l'ai peut-être croisé mais cela ne m'a pas frappé. C'est certainement lui qui m'a remis les clefs de ma piaule car il s'agissait d'un jeune.

- D'après vous, votre enquête sera-t-elle encore longue. Je vous demande cela parce que les conditions carcérales dans lesquelles baigne mon frère, sont affreuses et il risque de perdre les pédales.

- Je sais mais j'avance.

- Dites-moi en plus ! s'agaça-t-il.

Depuis notre rencontre, c'était la première fois qu'il montrait de l'irritation. D'habitude, toutes ses paroles étaient assurées, mesurées et peut-être calculées.

Je comprenais qu'il se faisait de la bile pour son frérot mais mon intuition m'indiquait autre chose. À cet instant, j'aurais voulu lui parler de sa tante

Gwladys mais je ne trouvai pas le vocabulaire adéquat.

- Je vais visiter votre frère, dimanche prochain et c'est à lui que je réserve la primeur des conclusions de mon enquête.

- D'accord !

- L'absence de votre père ne vous est pas trop pénible ? chuchotai-je bêtement.

- Non, je vous remercie. Je fais avec.

Aussitôt, Ryan se referma comme une palourde tout le reste du trajet.

Devant l'hôtel, il me salua d'une poignée de dextres fermes en me fixant droit dans les yeux avant que je ne descende de la guinde.

Sans attendre, je me dirigeai directement vers l'entrée de *Le rouge est mis* pour récupérer mes clefs de ma chambre. Ce fut Robert qui me les remis.

- Je vais me piauter, Robert, on se voit demain. Excuse-moi mais je suis à bout de forces.

- Pas de blême. Xav avait des infos pour toi, sur je ne sais qui. Mais je suis certain que cela peut attendre. Bonne pionce et à demain.

Je ne me souvenais pas avoir fait une petite mort aussi réparatrice depuis des lustres. Les deux minuscules cachetons que je gobais chaque soir pour me décontracter n'avaient pas un millième de ce pouvoir.

Cette fois-ci, aucune molécule chimique ne fut nécessaire à mon dodo. Dès que j'eus posé ma tignasse sur l'oreiller, mes paupières tirèrent les rideaux.

Pour éviter toutes nuisances sonores, j'avais obstrué chacune de mes deux feuilles à miel avec une boule Quiès.

Le silence de mon existence me permettait d'entendre les râles de mon âme. Cette dernière se manifestait immanquablement à l'heure de s'écrouler de fatigue, quand mon cerveau spongieux ne contrôlait plus rien. Alors, un spectacle digne d'un dérangé des boyaux de la tête se mettait en branle. Je cogitais sur les raisons de la séparation de mon couple, de sujets farfelus…

C'était mon rituel depuis que Sarah et Simon m'avaient quittés. Pour pallier le manque et la solitude, j'avais trouvé cette parade psychologique. Durant des heures, j'élaborais des théories fumeuses et inconsistantes.

Avec les mois qui passaient, j'avais réussi à canaliser mes pensées et constituer une myriade d'énoncés de mots croisés, de mots d'esprit et des contrepèteries en piochant dans ces rendez-vous nocturnes avec moi-même. Peut-être que cette matière pourrait constituer le début d'un ouvrage. Depuis des années, j'en avais le souhait mais la volonté ne suivait pas.

J'avais tu à mon entourage cette habitude surréaliste de crainte pour passer pour un dingo !

Je baignais donc dans un sommeil léger et nutritif quand on me secoua rudement les cudos.

Au départ, je tentai de bannir mentalement cette agression mais en vain. Quand j'ouvris les paupières, Robert gesticulait dans tous les sens. On aurait dit qu'il mimait une de ces chorégraphies modernes et tribales que l'on appelle Techno. Aussitôt, j'ôtais les boules Quiès de mes écoutilles pour capter sa jactance.

- Tu es complètement barge ou quoi ? Il n'est pas l'heure d'aller tafer ! J'ai encore six petites heures à croustiller avant mon petit déj' si tu permets ! lui rappelais-je.

- Désolé, Marco, mais ça urge ! Sarah vient de me contacter puisqu'elle n'a réussi à te joindre chez toi. C'est au sujet de Simon.

Ma pression artérielle fit le tour du propriétaire et dut remporter un score plus qu'honorable !

- N'aie pas les copeaux, il ne lui est rien arrivé de grave, le morpion s'est simplement évanoui dans la nature.

- Tu parles ! Merde de merde !

Je bougeai ma viande en bougonnant et quittai mon plume chaud et douillet pour une nuit glaciale et interminable. Pendant que j'enfilais mon futal, Robert avait déjà déguerpi.

Quand je le retrouvai chez lui, Robert m'avait préparé un excellent petit noir dans une tasse à chocolat. Une sorte de breuvage de l'amitié. À côté de moi, le combiné sans fil de son téléphone fixe était à ma disposition. Je bus une gorgée de pur arabica, authentique cette fois-ci, puis je tapai le numéro de Sarah. Elle décrocha aussitôt.

- Ce n'est pas trop tôt ! Où étais-tu encore passé ? sanglota-t-elle sans terminer sa phrase.

- Je t'expliquerai plus tard. Je te jure que j'ai un alibi en béton. Où es-tu ?

- Chez mes parents. Je t'attends.

- Je préférerais ailleurs.

- Ils ne vont pas te bouffer ! Et puis si tu avais un portable comme tout le monde, nous serions déjà au commissariat. Mais tu ne peux jamais faire comme les autres. Cela a toujours été ton problème !

Derrière elle, peut-être son vieux, en tout cas, une voix grave fit des commentaires sans que je pige que dalle.

Le père de Sarah était d'origine arménienne. Il s'appelait René Bediguian. Il tafait dans le tissu et possédait plusieurs tôles. Il gérait son empire d'une main de fer dans un gant de velours.

Son père, le grand-père de Sarah, Mesrob Bédiguian avait fui l'Arménie lors du génocide des Ottomans vers 1915, et avait atterri à Paris sans un kopeck. Grâce à sa seule niaque, il avait bossé et bossé encore afin de faire vivre sa famille qui était composée de huit marmots.

J'avais rencontré de nombreuses fois René et devant lui, je m'étais senti minus. Il avait une force de conviction et un magnétisme qui vous renvoyaient dans les cordes quand vous tentiez de le contredire ou le mettre en difficulté. C'était un homme droit comme il aimait à le préciser mais surtout un démocrate et cela en référence au passé tumultueux de ses aïeux en Arménie.

Parfois, à la fin d'un repas dominical, lorsqu'au salon, il était repu et qu'il lapait un fond de cognac en guise de digestif, accompagné d'un barreau de chaise, importé directement de Cuba, il se laissait à quelques confidences entre *mâles*.

Il m'avoua qu'il n'avait jamais souffert de son enfance. Sa mère l'avait choyé et éduqué comme tous les autres de ses frères et sœurs. Cependant, son pater avait tout misé sur lui pour reprendre ses affaires. Mesrob avait détecté chez René des dons que ses frangins et frangines ne possédaient pas. Alors il ne le lâcha pas d'une semelle et ce fut un enfer.

Au finish, l'intuition du père Bédiguian avait payé. Aucun autre rejeton que René ne voulut reprendre la succession. De toute manière, ils en étaient incapables.

Cependant, Mesrob avait fait le nécessaire pour que l'héritage familial se divise en partie équitable avant de calancher. Il avait inséré une clause spécifique en exigeant que les bénéfices annuels de ses sociétés soient également partagés entre ses enfants mais qu'à une seule condition. Que cela n'entrave pas le bon fonctionnement de celles-ci. Et enfin, que la direction de son empire, soit toujours entre les pognes d'un Bédiguian. Je compris rapidement que Simon pourrait jouer un rôle certain dans cette saga familiale à la Dallas arménienne.

Le seul souvenir amer concernant René qui resta coin dans mon œsophage, furent ces quelques mots, exprimés avec obligeance, un dimanche soir alors que nous étions seuls tous les deux au salon.

- Marc, je sais que Sarah et toi êtes heureux. Cela me remplit de joie. Bientôt, peut-être, serais-je grand-père. Mais sache une chose, si tu la rends malheureuse, je te tue.

Cette menace me déstabilisa et résonna en moi comme une coupette de mousseux frelaté qui vous fracasse le crâne dès la première goutte.

À cette époque, jeune puceau de la vie, doutant de moi-même, je ne ramenai pas ma fraise et fis profil bas. Mais ce qui était dit, était dit. Mémoire de Montgibaud.

Quand nous retrouvâmes Sarah et sa mère, elles me trouvèrent palot. Tiens donc ! Une illusion.

Plus tard, quand je confiai la vérité à Sarah, elle en devint furax. D'ailleurs, elle m'avoua que je n'étais pas le premier auquel son daron faisait son numéro de *papa poule et protecteur à l'Arménienne.*

Avec son allure de gnome moustachu à l'estomac proéminent, sorti tout droit d'une bande dessinée d'Astérix, un bleu-bite comme moi, s'imaginait qu'il avait vécu plusieurs vies et donc respect !

A part cette mise au point de René, aucune autre ombre au tableau dans nos relations. Mais toutes les choses ont une fin. À la naissance de Simon, ce ne fut pas la même limonade ! Il fut choyé et traité par ses grands-parents comme l'enfant prodigue. On le gâtait pour des occases futiles. Tout était prétexte pour le couvrir de cadeaux. Et cela me gonflait royalement !

René se mua en papy gâteau et ne jurait que par Simon. Simon par ci ou Simon par là. Les dimanches étaient devenus irrespirables.

Je décrochai la timbale lorsque je décidai de gagner ma croûte en misant sur les chevaux. René Bédiguian refusa ma brusque vocation qui couvait dans ma cervelle depuis des mois. Sa colère fut telle qu'il voulut que Sarah me quittât avec notre enfant.

Sa bourgeoise, Sylvia, le raisonna et il mit un bémol dans son courroux. Toutefois, nos rancards dominicaux n'eurent plus le même goût et René ne s'occupa plus que de Simon et je fis office de figurant non rémunéré sur l'échiquier familial ou de punching-ball suivant les humeurs du Pacha.

Bonjour, bonsoir étaient les seuls mots que j'entendais sortir de sa bouche. Cependant, une fois, il rompit son jeûne de silence et tenta de corrompre ma liberté en me proposant un job de comptable dans une de ces usines à tissus. Si j'acceptais le deal, il me promettait la main de sa fille avec un gigantesque mariage à la clef, Église orthodoxe et mairie comprises ! Évidemment, je refusais ce répugnant chantage.

L'ambiance devint si lourde que je finis par fuir les dimanches chez les Bédiguian et partis me réconforter avec mes dadas sur les champs de courses.

Pendant longtemps, j'avais tenté d'imaginer la réaction du gros René à l'annonce de ma rupture avec Sarah. Il avait dû ouvrir une bouteille de Don Perignon, jalousement cajolé depuis perpette dans sa cave, endroit frais et obscur qui aurait fait frémir plus d'un œnologue expérimenté. Tous les crus qui somnolaient au gré des années valaient un paquet de billets. Il m'avait ouvert les portes de son blockhaus vinassier qu'une seule fois. Et je ne vous épargne les précautions d'usages.

Immédiatement, Robert saisit la situation et proposa de me larguer chez les parents de Sarah.

- Xavier est parti chez un copain. Je vais lui torcher une bafouille pour l'avertir de mon absence.

Maintenant, nous roulions dans l'automobile à pétrole de Robert. Il avait posé sur le tableau de bord, un sac plastique opaque de supermarché.

- J'espère que ce n'est pas ton pétard ! dis-je en désignant le cabas.

- T'es pas un peu barge ! Ce sont des casse-dalles. Je les ai préparés pendant que tu bargassais avec ta bergère. Je pensais que vu l'heure, tu aurais les crocs !

- Excuse. Je suis complètement à l'ouest ! Je ne peux rien avaler. J'ai une boule au niveau du buffet..

- Je peux éteindre mon Ninas, si tu veux ?

- Non, non. Je ne te remercierai jamais assez de t'occuper de moi comme de ton rejeton.

- Oh, ne commence pas à être sentimental, j'en ai par-dessus la couenne !

Vingt minutes plus tard, nous étions devant la superbe bicoque des Bediguian. Malgré le manteau épais de la nuit de l'hiver, l'entretien des jardins était visible grâce à de puissants projos que le maître des lieux avait fait installer.

- Oh, la la ! Ils se torchent avec des Pascals dans cette baraque ou quoi ?

- Des euros ! Non, disons que le père de Sarah aime que l'on sache qu'il a réussi dans les affaires.

- Franchement, Sarah est vraiment plus simple et sans chichis.

- Tout l'opposé de son pater. En tout cas, avec son petit-fils, René est aux petits soins. Vraiment trop à mon goût mais pourtant il lui enseigne les choses essentielles de la vie. Peut-être mieux que moi.

- Ne dis pas cela. Il n'y a pas de modèle de père.

- Je suis certain que René a misé sur Simon pour l'avenir de ses boutiques mais il se met la poutre dans l'œil. Simon fera ce qu'il voudra. Mon seul soucis : son bonheur. C'est con mais essentiel.

- Le vœu pieu de beaucoup de parents.

- Ouais. Ne m'attends pas. Sarah me ramènera chez moi ou à l'hôtel. Si on ne retrouve pas Simon dans la soirée, je suis fait comme un rat pour mon enquête. Il n'est pas question que je continue mes investigations si j'ignore où se planque mon fils.

- En cas de pépin, bigophone-moi !

- Merci, Robert.

En appuyant sur le bouton de l'Interphone, muni d'une caméra, je m'annonçai en écartant les ratiches, façon faux derche. J'étais emmitouflé dans mon parka et le kiki à l'abri sous une écharpe et la bille sous mon bonnet.

Un *ZZZ* électrique fit office de sésame et ouvrit le portail sur les terres Bédiguiannes. Je me sentis péteux en parcourant les quelques mètres de l'allée du jardin qui s'éclairaient à chacun de mes pas, au moyen de puissants spots. Bon gré, mal gré, J'étais *Mickael Jackson* dans *Beat it*. Pas de bol, j'avais oublié mes lunettes de soleil !

Sur le perron, Sarah m'accueillit par un baiser discret et me mena vers le salon où ses vieux patientaient.

René, avait une tronche si rubiconde que je supposais que le whisky en était la cause. Il fut le premier à me saluer d'une poigne ferme. Il me renifla avec précision comme pour rattraper nos trois années de séparation. Son haleine de cow-boy confirma mes doutes de son imprégnation alcoolique avancée. Ensuite, Sylvia m'embrassa.

- Alors le milliardaire, on a trop de problèmes de fric pour s'inquiéter de son fils ?

- René, il n'y est pour rien ! s'exclama Sylvia.

L'ambiance virait à l'aigre. René se lâchait et tentait de me provoquer.

- Désolé mais effectivement, je n'étais pas là quand Simon en avait besoin dis-je.

- Ah, tu l'avoues ! aboya René en agitant son verre dont les glaçons émirent un tintement caractéristique des beuveries ou autres amicales fêtes de fin d'année.

- Papa boucle là ! Il s'agit de Simon ! hurla Sarah. Marc n'est en rien responsable dans cette histoire. Je l'ai amené à son karaté comme tous les mercredis après-midi et il m'a leurré et ne s'est pas présenté au dojo. Son professeur ne l'a pas vu.

- Ton père a raison, Sarah. Je suis coupable ! interviens-je. Simon voulait me voir mercredi et je n'étais pas dispo.

- Les courses ? Pas assez de pognon ? éructa le père Béduiguian.

- Papa !

- S'il arrive quelque chose à mon petit-fils, je te tue, petit merdeux.

- C'est quand même un peu mon fils aussi ? répliquais-je.

- Tu n'as pas assez de blé ? Ton fils devrait passer avant tout ce que tu possèdes.

J'avais envie de maraver la tronche de René mais quelque part il avait raison. J'étais pitoyable. Il n'y a rien de plus ardu que d'aimer correctement les siens. Cette attaque verbale me fit l'effet d'une pêche en pleine poire ! J'étais sonné.

- J'enquête sur une histoire de meurtre et …

- Occupe-toi de tes affaires, au lieu de jouer les détectives fouille-merde !

- René, doucement les basses ! dis-je. J'ai fait des erreurs mais je les assume alors je vous prierai de la boucler parce ce que je sens les abeilles. Sarah et moi allons déclarer la fugue de Simon au commissariat de la ville et voilà.

- Tu n'es qu'un pauvre type ! Je me demande ce que ma fille te trouve, bordel ! postillonna-t-il en finissant d'une traite le fond de son verre.

Aussitôt, Sylvia fit écran entre nous. La dose de picole irlandaise fit déborder le vase de René. Le whisky lui montait à la caboche. Le dragon à moustache grondait de toute sa fureur. Avant qu'il ne largue quelques lames de feu, il était temps que je déguerpisse.

Sarah m'attrapa par la main et je la suivis sans moufter. Ses petites joues sous son jean me donnèrent des envies d'elle mais je me repris. Elle enfila son manteau et nous sortîmes.

Dehors, elle appuya sur sa clef de voiture et les phares de la caisse nous firent un clin d'œil. Sans un mot, nous nous engouffrâmes à l'intérieur.

- Tu crois que le commissariat va prendre notre déposition à cette heure-là ? dis-je pour briser le silence assourdissant et stressant.

- Sans aucun doute.

Je connaissais la détermination de mon ex-future femme. Si elle avait eu les pouvoirs de Super Woman, elle aurait tourné la terre en sens inverse pour retrouver son niard. Au premier abord, elle était douce et non démonstrative mais face à l'adversité, elle faisait sa tête de mule.

Devant le commissariat, un panier à salade attendait. Quand nous voulûmes nous adresser à la volaille de service, la porte d'entrée était verrouillée. Nous tapâmes à coups de shoes et de poings pour réveiller le lardu assoupi. Aucune réponse.

Pourtant derrière la vitre de la porte, nous distinguions une tête qui tentait de se planquer. Il fallait dire qu'en ce début de siècle, nous n'étions en sécurité nulle part !

Une patrouille arriva. Trois flics descendirent d'un Scénic. C'était deux jeunes d'une vingtaine d'années au plus, encadrés par un gradé. Ce dernier m'envoya un rayon de sa torche en pleine poire en guise de bienvenue.

- Vous cherchez quelque chose ?

- Le commissariat répondis-je agacé.

- Très fin. Papiers d'identité, s'il vous plaît ?

- Monsieur l'agent, nous ne sommes pas là pour le plaisir ! s'insurgea Sarah. Nous venons pour une fugue.

- À cette heure-là, ce n'est pas possible ! Les services administratifs sont fermés. Repassez demain à la première heure.

- Je veux voir le responsable de garde !

- A votre place, j'éviterai. Philipe Bouvard est un mauvais coucheur. Il est pointilleux sur le règlement. Un vrai chieur.

- Tant pis, je prends le risque ! répondit Sarah avec sa voix melliflue.

Le flic obtempéra et demanda à son collègue poltron de lui ouvrir.

- Vous avez peur que vos collègues se taillent pendant leur service ou quoi ? ironisais-je sur ce verrouillage de porte.

- Non. Le commissariat a été plusieurs fois vandalisé. Alors, maintenant nous prenons nos précautions.

- Jacques, appelle le commissaire pour une fugue ! ordonna le gradé à son collègue derrière le bureau de l'accueil.

- Mais euh !

La frimousse de Jacques s'empourpra et je compris que Bouvard n'avait pas bonne réputation auprès des autres schmitts.

Nous entendîmes des pas dévaler l'escalier qui menait du premier étage du bâtiment. C'était lui : Philippe Bouvard. Un physique toujours aussi longiligne et toujours son incommensurable tarin qui lui assurait une oxygénation parfaite de son cortex ! Une tronche de cinoche, genre flic corrompu.

- Ce n'est pas vrai mais c'est le défenseur de la veuve et de l'orphelin qui a besoin des services de la maréchaussée, incroyable ! se moqua-t-il de moi en guise de préambule.

- Écoutez, commissaire, je viens pour notre fils Simon, âgé de dix ans, qui a fugué.

- À la bonne heure ! Sur le moment, j'ai cru que vous vouliez me fournir vos conclusions concernant votre enquête sur le meurtre de Henry Norton.

- S'il vous plaît, commissaire, faites quelque chose ! implora Sarah.

- Pour le moment et à l'heure qu'il est, je ne peux que prendre votre déposition que je diffuserai sur tout le territoire dès demain à la première heure.

Philipe Bouvard semblait ému par le cri de Sarah. Il m'apparut plus humain. Le gratte papelard nota avec méthode et minutie la description de Simon. Il sollicita même avec un fayotage extrême des renseignements complémentaires pour que l'avis de recherche soit absolument complet et exploitable.

Son burlingue était en ordre. Un ordre suspect. Une éphéméride à jour, un sous-main nickel chrome et sans rature, des crayons à papiers parfaitement taillés et un tourniquet métallique près d'une boîte à encre auquel il ne manquait aucun tampon de la République.

- Je vais taper toutes ces informations au propre et les envoyer à mes collègues. De votre côté, essayez de contacter les parents des amis de votre fils que vous auriez oubliés ou ceux qui n'ont pas répondu à vos premiers appels.

Mais avant toute chose, je voulais vous demander quelque chose, monsieur

Montgibaud. Ne pensez-vous pas que votre fortune, certes, honnêtement acquise, pourrait créer des convoitises.

- Vous pensez à un enlèvement ?

- Oui. Je ne dois écarter aucune piste.

- Comme vous le savez, je suis séparé de ma femme et Simon habite avec elle. Leur adresse n'est connue que d'un gus auquel j'ai confiance. Pour le reste du monde, je suis domicilié à *Le rouge est mis*.

- D'accord. Simple réflexe de flic.

Face à tant de prévenances à notre égard, je jugeai d'une autre mirette, cette volaille de Bouvard. En fait, c'était sa face ovale et surtout sa truffe fuselée qui était ingrate. Pour se faire respecter, il devait passer pour une ordure. CQFD.

- Sinon, monsieur Montgibaud, votre enquête concernant l'affaire Norton, ça avance ?

- Bof !

- Vous avez certainement compris que c'était un drame familial. Rien de plus. Il est entendu, que Henry Norton ne fréquentât pas que des enfants de chœur mais le Milieu n'est pas responsable de son décès. Alors, à votre place, je déclarerai forfait et éviterai de traîner mes guêtres dans des milieux douteux.

Le message était passé cinq sur cinq. Des keufs étaient sur mes ergots depuis le début de mon enquête.

De retour dans la bagnole, Sarah me posa la question que je redoutais.

- Qu'est-ce que c'est cette histoire d'enquête ? Tu te prends pour Sherlock Holmes ? Si tu t'ennuies, occupe-toi de ton fils !

- Bon, écoute, j'ai pas l'intention de m'étendre sur mes activités personnelles ! File-moi ton bigophone à ondes mortifères pour que je joigne les parents des potes à Simon.

- Parce que tu crois qu'ils vont te répondre. Ils ne te connaissent même pas !

- Eh bien, ce sera l'occase. En attendant, s'il te plaît, ramène-moi chez moi, il se pourrait que Simon ait laissé un message sur mon répondeur.

L'intuition féminine est agaçante parce qu'elle a souvent raison. Trop souvent. Le premier numéro auprès duquel je tentai d'obtenir des infos, m'envoya sur les roses en m'affirmant que Simon n'avait pas de père ! Le second que j'avais fait une erreur et enfin le ponpon, le troisième que j'étais un pervers et que mon numéro d'appel serait transmis illico à la police. Je n'insistai pas.

Un silence de mort planait dans la voiture. Je reniflais l'angoisse dans les gestes de Sarah. D'habitude, elle conduisait avec souplesse. Cette nuit-là, c'était violent dans les virages, juste aux feux et interminables aux stops.

Tout péteux, je fixais l'écran lumineux de son portable et entrai inconsciemment dans son répertoire. Des noms étrangers de ma pomme titillèrent ma jalousie. Un Frédéric, un Victor et un Jacques me firent soupirer si fort que Sarah s'en aperçut.

- Ben, il ne faut pas te gêner. Donne-moi, ça !

Sarah me reprit violemment l'engin cancérigène à haute dose et le balança sur la plage avant.

- Nous arrivons. Si tu avais eu ton permis, nous n'aurions pas perdu vingt minutes de trajet et j'aurais pu contacter moi-même les parents des copains de Simon s'irrita Sarah.

Je restai pantois.

A 23 heures 45, nous nous garâmes sous mes fenêtres de mon vrai domicile. Je créchai au premier étage d'un immeuble. Mon premier réflexe fut de zieuter mes volets clos et de constater que de la lumière perçait derrière leurs interstices.

- Merde ! gloussai-je. Y'a du monde à la baraque.

- Mais non, tu affabules ! Il n'y a personne. J'ai l'impression que ta pseudo enquête te rend parano !

- Bon d'accord ! Mais prenons toutefois quelques précautions avant de monter. Attends-moi là. Je t'appelle quand je serais là-haut.

- Sauf, si le F.B.I ou la C.I.A. ne t'ont pas enlevés avant ?

- T'es mignonne mais on fait comme ça dis-je en enfonçant nerveusement mon bonnet sur mon crâne.

En sortant de la tire, je scrutai la rue déserte et me mis à l'affût d'un quelconque danger. Rien. Pas un greffier dans la rigueur de l'hiver. Seul, le voltage des éclairages publics qui grésillait en l'air.

J'empruntai le hall d'entrée de l'immeuble et grimpai lestement les quelques marches. Alors mon hypertension se rappela à mon bon souvenir. Ma pompe à amour tapait dans mon buffet et des calamars translucides se dandinaient devant mes mirettes. La crainte de visiteurs inopinés, le manque de sommeil et les excès de picole de la veille, étaient la signature de mon état chancelant. Je n'avais jamais voulu suivre de traitement contre le mauvais cholestérol ou contre l'hypertension. Pourtant je luttais pour trimballer mon quintal. Dans ma caboche, j'entendais mes tempes marquer un tempo de danse indienne.

La lourde d'entrée de mon appart était bouclée. Je collais alors une de mes feuilles de chou contre elle. Nada. Pas un bruit suspect dans la casa.

J'allais mettre la pogne à mon chapelet de caroubles, quand on toussa dans mon dos. Aussitôt, je sursautai et manquai de démonter le râtelier de l'inconnu qui venait de déglutir. O surprise !

C'était un étudiant à l'allure de premier communiant, tout vêtu de rouge, qui livrait des spécialités ritales. Il tenait deux cartons qui fleuraient bon la pizza 3 fromages. A ma vue, le travailleur précaire fienta dans sa salopette pour corrida.

- Chut ! fis-je en mettant mon index entre ma moustache. Je vous attendais. Nous fêtons un anniversaire avec des potes. J'ai voulu remplacer les bougies par des anchois. C'est une surprise !

- Mais vous auriez pu choisir notre formule anniversaire qui…

- Laisse-glisser. Combien ?

- Rien. Tout à été débité sur le compte de Monsieur Montgibaud Marc.

- Ben, tiens.

Je m'encombrai des deux alléchantes boîtes en carton encore chaudes et de deux sodas génériques puis raclai mes fouilles pour filer un pourliche à l'asticot en rouge qui me biglait bizarrement. Aussitôt après, il gicla.

Mon intuition me soufflait que Simon était dans les parages. Sa pizza préférée était la trois fromegis. Nous en commandions le samedi soir pour accompagner la loc d'un DVD. Mais était-il seul ou sous la menace d'ostrogoths ? C'était toute la question.

J'appuyais sur la sonnette. Ma surprise fut gâchée quand Simon pointa son tarin. Il avait l'air défrisé de me voir et point sous la menace d'un olibrius quelconque. Sarah venait de débouler.

- On peut entrer. On ne te dérange pas. Il est minuit, j'espère que l'on ne t'a pas sorti de ton lit ? grondai-je.

Comme un môme prit en flague, il se carapata dans les arceaux de sa mère.

- Ça veut jouer les hommes et au premier coup de Trafalgar, ça pisse les larmes du Niagara ! rajoutais-je pour lui faire honte.

De toute manière, je savais qu'il ne lâcherait pas un mot de la soirée. Alors je déposai la boustifaille italienne sur la table de la salle à manger et décrochai le téléfon pour le prévenir le commissaire Philippe Bouvard du miraculeux dénouement. Puis je bisouquai tout le monde et prit le canapé pour camp de retranchement pour la nuit. Ce soir-là, Sarah et Simon restèrent pioncer.

Le lendemain matin, je déjeunais en compagnie de ma petite famille décomposée ou recomposée et je promis à Simon que samedi, je l'aiderai pour son devoir sur les chevaux. Il me fit un sourire et retrouva l'usage de sa langue.

De nos jours, dénicher un greffier n'est pas une sinécure et davantage si l'on veut un babillard compétent et tenace. Je ne visais pas un de ces caciques du barreau, qui n'avait d'yeux que pour les prétoires et à l'occasion pour ses clients, que lorsque les médias étaient de la partie et que les crépitements des flashs parfaisaient son teint déjà bien hâlé.

Il me fallait un menhir, un avocat mûr mais pas à point, qui allait solliciter auprès du juge d'instruction un réexamen du cas de Franck Nelson pour cause d'éléments nouveaux et sa libération de zonzon.

Autant monter sur un bourricot pour remporter le Prix d'Amérique ! Doutais-je.

Ce jeudi soir, j'étais appuyé contre le zinc de *Le rouge est mis*, et je sirotai un Coca Light. Les bulles dans mon verre constituaient autant d'incertitudes que dans mon ciboulot.

Robert comprit que j'étais dans la mouscaille et voulut me libérer de mes errances métaphysiques. Aussi, je lui lâchai mon blême tout de go. Il se gratta le caillou et éclata de rire :

- Tu te fous de ma fiole ! Si tu veux, dans une heure, tu auras les coordonnées d'un avocat convenable à un prix abordable.

- Eh, comment ?

- Grâce à Jean-Louis, pardis !

- Qui c'est ?

- Un ancien magistrat. Un vieux de la vieille, qui a ses habitudes en ces lieux, et oui, bonhomme ! Il becte deux fois par semaine, une salade mitonnée par mes zigues et boit une demi-bouteille de rosé. Son rituel est immuable.

Il a déjà dépanné plus d'un gars ici. Tiens, Johnny Piquouze, récidiviste pour ventes et consommations de came en tous genres. Jean-Louis lui a servi sur un plateau, un avocat à la hauteur de ses espérances. Après une plaidoirie béton, Johnny est ressorti blanc comme neige, si je puis dire !

- On ne s'est pas compris. Je ne veux pas un professionnel véreux mais un honnête homme, capable de dire le droit pour que la vérité jaillisse !

- Mais tu l'auras, ton Zorro des prétoires ! Jean-Louis est resté à jour concernant son ancien taf. Il m'a filé sa carte personnelle. Je l'appelle ce soir et demain je te mets au jus. Comme je connais l'affaire, ce sera tranquille !

- Merci, Robert. Remets-moi la même chose mais sans bulles !

De retour dans ma piaule du *Morphée Land*, je me mis directe au padoque pour enfin récupérer de cette satanée soirée de beuverie. Je commençai à me déssaper quand on frappa à ma porte. Bordel ! Cela n'allait pas recommencer ! Bon, il n'était pas 20 heures mais il me faudrait facilement toute la night pour recouvrer à cent pour cent mon tonus.

Aujourd'hui, au turbin, je n'avais pas les yeux en face des trous, mon haleine était pareille à un chacal et une migraine me servait de couvre-chef.

Sur le palier de la chambre, déboula le museau de Xavier.

- Excuse-moi de te déranger mais j'ai du nouveau pour toi sur l'affaire Henry Norton.

Le nom Norton m'électrisa la matière grise. Une poussée d'adrénaline galvanisa tout mon être.

- Je t'en prie entre !

- En fait, il ne s'agit pas de Henry Norton mais de son fils Ryan. J'ai un peu trifouillé dans son ordi à la suite de notre discussion sur lui.

- Intéressant et alors ?

- Il tient un journal intime depuis 1983. Bien évidemment, il a crypté toutes les entrées mais j'ai réussi à décoder l'année

2005. Bizarrement, elle n'était protégée que par un mot de passe bidon.

- Et en quoi, cela peut-il me concerner ?

- Ben, il s'en prend violemment à son vieux. Je t'ai ramené les tirages de ce début d'année 2005. Tu jugeras pas toi-même. Je trouve cela zarbi parce que je l'ai connu et il avait un caractère introverti mais jamais il ne fut agressif, ni belliqueux.

- Tu es certain que c'est bien lui qui a écrit ce journal ?

- Oui car il parle de Joy, sa mère disparue et de son frère Franck.

Xavier me fila un dossier sur lequel était inscrit *Journal 2005*.

- Je vais tout entreprendre pour déchiffrer les autres journaux de Ryan. Cela prendra le temps que ça prendra mais j'y arriverai.

- D'accord mais pense à tes études.

- Pas de problème. De toute manière, je suis le futur Bill Gates !

Le fascicule touffu de plusieurs pages fut plus roboratif que prévu. Le gamin avait vu juste. Le ton de l'auteur était châbleur et incisif à certains passages.

26 janvier 2005 (extrait du journal)

Ma pauvre chérie, nous n'arrivons pas à avoir d'enfants alors que nous sommes des gens simples et méritants. Le Vieux aurait voulu une descendance. Il n'en aura peut-être jamais. De toute manière, ce connard n'aurait pas su en profiter. Peut-être ai-je des demi-frères ou sœurs sur la planète et que je l'ignore. Cet enfoiré a durant toute sa vie, forniqué comme un lapin, se souciant peu de ses agissements et conséquences. Je prie pour que nos vœux de maternité et paternité soient exaucés, mon amour et que Dieu me pardonne mon geste. Quand à Ducon, qu'il soit maudit à jamais.

Je reconnaissais le Ryan que l'on m'avait décrit ou le gus que j'avais croisé quelques heures auparavant.

Puis sa plume ne devint plus tranchante et acide.

Et toi, pauvre bougre qui est innocent. Quand la Vérité éclatera, je baiserai tes pieds. Il m'est difficile de la crier. Tu es mon frère et tu le resteras pour toujours. Je te dois plus que tu me dois. Les ardoises de l'enfance ne comptent pas.

Cette lecture me prit deux plombes. Je lisais et relisais les dix pages et le doute s'immisçait dans mon cortex. L'auteur du fumage de Riton, était peut-être commandité par Ryan ou carrément lui.

Mon rencard avec un avocat dans les jours prochains était compromis. Je ne pouvais pas balancer Gwladys, alors que Ryan me semblait trouble dans ses agissements. Toutefois, les bafouilles de ce dernier ne contenaient aucun indice probant sur sa culpabilité concernant le meurtre de son père. Son pater le faisait gerber. Point. Seule la phrase : « *Que Dieu me pardonne mon geste* » excitait mes papilles neurologiques. Parlait-il du meurtre ? En tout cas, il était certain de l'innocence de son frangin Franck.

Je n'avais pas le choix. Il fallait que je marine en attendant que Xav eut terminé de percer les codes. Vers 23 heures, mon somnifère m'inventa un profond sommeil.

Comme d'hab, ce vendredi, Robert fut au rendez-vous de 9 heures 30. Quand il entrevit ma trogne, il me tartina de questions. Je passai alors au crachoir :

- Bon, j'ai une gourance sur la culpabilité de Gwladys depuis que ton fils m'a filé quelques pages chourrées du journal de Ryan.

- Je sais. Il m'a mis au jus. Mais peut-on laisser un innocent en prison ? Parce que toi comme moi, savons que Franck est blanchouiard. Hier soir, j'ai contacté Jean-Louis. Il m'a rencardé sur un blanchisseur : Gilbert Gorces. Un type en robe, idéaliste, qui ne se consacre uniquement aux cas d'injustices probantes. Il se décarcasse pour des taulards dont les motifs d'inculpations semblent trop évidents et surtout lorsqu'ils le sollicitent.

- Je l'appellerai en fin d'après-midi. Pour le moment, je vais tenter de récupérer les originaux des lettres de Riton et Gwladys.

A 10 heures, au bureau de l'entreprise Norton, c'était l'ébullition. Un casse avait eu lieu durant la nuit. La maréechaussée était là et ses experts s'activaient la rondelle pour prendre les empreintes des paluches qu'auraient pu laisser les gougnafiers, qui avaient opéré. Ces derniers avaient tout retourné. C'était le boxon complet.

- Ils nous ont tirés trois camionnettes et presque tout le matos pour la déco. Il n'y a plus qu'à mettre les clefs sous la porte. Il y en avait pour plusieurs milliers d'euros de barbaque pronostiqua Lamy, le visage fermé et la larme à l'oeil.

Le commandant de police qui enquêtait, était une suppléante de Philippe Bouvard, une jeune fliquette qui apprenait son taf sur le tas. Elle s'appelait Victoire Augé. Splendide plante rouquine, à l'aube de ses trente ans. Pas un tif ne dépassait de sa colline. Seuls, ses yeux verts apportaient une touche féminine à sa personne.

- Votre nom, Monsieur, s'il vous plaît ? Et en quoi consiste votre job ici ? m'interrogea-t-elle avec précipitation.

- Marc Montgibaud. Initiales M.M. Je venais d'être pris à l'essai depuis lundi pour mettre de l'ordre dans la paperasse. Je vois que tout est à refaire.

- Vous n'avez rien remarqué de suspect ces derniers jours ?

- Non.

- Il faut dire que Marco a fait ce qu'il pouvait pour mettre à jour la compta et les payes se justifia Lamy sans conviction. J'étais franchement à la bourre. Tout est de ma faute, madame ?

- Commandant Augé objecta-t-elle sèchement. Je ne vous demande pas de faire de commentaires. Ce n'est pas ce qui m'intéresse ronchonna Augé. Le brigade financière s'occupera de votre sort plus tard. Moi, je suis là pour trouver des preuves afin de coincer les minus qui ont cambriolé la société.

- Ça vous fait rire ?

- Non, sourire. Ces types ne sont peut-être pas aussi minus que vous le pensez dis-je.

- Pourquoi vous avez des informations inédites à me transmettre ? Attention, monsieur Montgibaud, n'entravez pas le travail de la justice car cela pourrait vous coûter très cher.

- Non mais ils ont quand même agi prestement malgré le système d'alarme.

Le manège judiciaire dura jusqu'à midi. Très peu d'indices furent récoltés et cela fit monter la mayonnaise. Le disque dur des deux caméras de surveillance était en décomposition avancé, mais fut cependant emporté. Louanges sincères et distinguées, aux techniciens qui réussiraient à faire parler le débris ! Le commandant de police Augé convoqua Guillaume Lamy ainsi que la propriétaire légale des entreprises Norton, Jocelyne Norton et. Bibi, serions entendus ultérieurement.

Mon souci premier était la réaction de Jocelyne Norton. Si elle apprenait ma présence au sein de la tôle, cracherait-elle le morceau au sujet de mes visites chez elle devant les flics ? Et surtout Guillaume Lamy, se ferait-il une joie de colporter la nouvelle auprès de Camille ? J'aurais dû prendre un pseudo. Faute de bleu. Trop tard pour chialer sa mère ! conclus-je intérieurement.

Cependant, j'avais une carte à jouer concernant Lamy. Ce cambriolage me paraissait abracadabrantesque comme aurait dit un président de la République, Jacques Chirac, un de mes compatriotes corréziens, alias J.C. qui avait fait de nombreux miracles surtout lorsqu'il était à la mairie de Paris, mais enfin passons. Il multipliait les biftons. Vachement rare !

Comme par hasard, cette matinée-là, aucun clandestin n'avait pointé le bout de son tarin. Tous les gugusses présents étaient déclarés en CDI ou en intérim. Victoire Augé prit évidemment leurs identités.

Nous savions tous que l'entreprise Norton ne se relèverait pas d'un tel marasme flouzesque après ce maraudage de branquignols. La tôle dépendait déjà du procès de Franck Nelson. Une liquidation judiciaire serait certainement prononcée. Le chômage technique était dans l'air.

Dès que les kébours furent barrés, Guillaume Lamy chopa une flasque de whisky, intacte, dans un des tiroirs d'un bureau et me lança :

- Allez, ramène ta fraise, je t'emmène *Chez Camille*. On va picoler toute la journée, et ce soir, nous allons fêter la sortie de calèche de l'un de ses frangins. Il avait pris 15 ans pour hold-up et meurtre. Il s'appelle Jacky. Un flingueur de première. Un cinglé qui se croit dans la vie comme à la Foire du Trône ! Il a fumé le vigile de la banque qu'il avait braqué seul. Un vrai feu d'artifice paraît-il. Il a bousillé tout ce qui se trouvait sur son passage. Heureusement que le personnel et la clientèle étaient à terre...

A ta place, je ne louperai pas l'événement parce que Camille pourrait t'en vouloir. Il est très famille et maintenant tu fais partie de son clan. Et en plus tu lui dois 1500 € ? Ca rapproche. Tu verras à la fête, il y aura plein de frangines gentilles, câlines et coquines.

- Aujourd'hui, j'avais justement pensé passer la journée en famille. De toute manière, nous ne pouvons plus gratter.

- Ben, en fait, nos zigues, oui. Il est impératif que toute la paperasse soit clean pour les cops de la financière. Ordre de Camille. On s'y mettra sérieusement lundi. Prends ta journée mais sois à 19 heures *Chez Camille*. Je t'ai loué un costard.

Lamy picola au goulot et s'envoya le reste du spiritueux. J'en profitai pour le cuisiner.

- Je paris que tu sais qui a chouravé le matos et les caisses cette nuit !

- Euh.. Bon... Tu es une incorrigible fouine !

- Ça restera entre nous. Promis, juré, craché !

- D'ac ! De toute façon, tu as intérêt à la boucler sinon t'es mort ! En fait, on a organisé cette entourloupe parce que cette tôle est condamnée à disparaître. Un pote avait besoin de matériel pour réaliser…enfin des travaux auprès des banques.

- Je vois, plutôt expert en retrait qu'en dépôt, ton pote !

Aussitôt, Guillaume se referma comme une huître et son teint tira au vert mollard. Alors, j'entendis des bruits d'arpions dans mon dos. C'était Ryan Norton. Il me semblait décomposer.

- Je viens de recevoir un message sur mon portable grâce au matériel électronique de protection et de surveillance que j'avais installée, parallèlement à l'officiel. Je me suis levé tard et..

- La police est déjà passée l'informai-je.

- Je sais. Le commandant de police Augé m'a contacté pour que je passe à son bureau au plus vite. Le dur disque des deux caméras est inutilisable.

- Moi aussi il faut que je mette ma déposition au propre précisa Lamy alors qu'on s'en contrefoutait.

- Votre alarme est fiable ? fayotai-je.

- Disons que j'ai bricolé un système qui possède 4 caméras miniatures et cachées en plus des deux autres. Trois à l'extérieur et une à l'intérieur. Cette dernière a la particularité de tourner à 380 degrés.

Ces informations firent frémir la fiole de Lamy. Il n'avait jamais goûté d'alcool aussi enivrant !

- S'il survient un cambriolage poursuivit Ryan, la bécane est conçue pour me prévenir en temps réel et tenter des plans larges pour identifier les intrus. Ensuite elle contacte la police. Aucun disque dur concernant ces caméras n'est présent sur le site mais directement chez moi. D'ailleurs, les flics seront ravis de l'exploiter, j'en suis sûr, les enregistrements que les caméras ont récoltées.

- En fait, Les deux caméras visibles sont des leurres concluai-je.

- Tout à fait.

- Les autres enregistrent combien de temps ? osai-je demander.

- 24 heures sur 24. Une capacité de cent vingt-huit heures, soit une semaine reste en mémoire. Le disque dur s'efface automatiquement lorsque aucun événement louche n'est constaté par le logiciel.

- Pour la police, c'est certain, ce sera du gâteau de choper les malotrus dis-je pour faire rissoler davantage le père Lamy, qui s'empourprait,   s'empourprait maintenant. Du vert, il avait viré au rouge. Un authentique feu tricolore !

- Exact ! confirma Ryan. Dans quelques heures, j'irai au commissariat pour fournir ces nouveaux éléments.

- Vous prendrez bien un café ? proposa Guillaume.

Une tasse de cyanure plutôt me dis-je *in petto* à l'abri de toutes les caméras, et de tous les micros. Au pays de Ma Liberté de penser où Big Brother n'existe pas.

- Non, je n'ai pas le temps. Je venais pour me rendre compte de l'étendue des dégâts.

- Tout le matériel, les véhicules et autres babioles ont été chourrés. D'ailleurs, je vais aller jeter un œil à l'entrepôt pour faire l'inventaire exact de cette cata dit Lamy.

- Bon, bon, je vous laisse.

Lamy attendit que le fils de son ancien tôlier s'efface pour me balancer :

- Je suis dans la daube jusqu'au cou ! Il est certain que l'on voit nos bobines à cause de ces œilletons électroniques qui étaient planqués.

Je menai l'opération avec 3 yougos, des clandés. J'ai ouvert la porte et neutralisé l'alarme avec mes clefs, comme d'hab, puis nous avons fait nos petites affaires. Nous avons foutu le boxon partout dans l'entreprise. Tout ce qu'on ne pouvait pas emporter, on l'a destroy ! Après j'ai rebranché l'alarme et fait exprès de la déclencher en défonçant en marche arrière la grille avec l'un des véhicules. Le coup était réussi. J'avais bien sûr pensé à réduire en bouillie le disque dur des deux caméras. J'étais loin de me douter que 4 autres satanés oeils de Moscou nous espionnaient.

- N'aie pas les copeaux, Guillaume. Il faut juste cogiter pour trouver la parade.

- Je suis cuit, je te dis ! Il n'y a qu'un seul moyen de sortir de cette marade : fumer Ryan Nelson.

- Tu déconnes ?

- J'ai l'air !

- Comment vas-tu, t'y prendre ?

- Il y a des gugus qui flinguent pour pas grand-chose. Question de survie !

Ses yeux désorbités et injectés de sang confirmaient ses intentions.

- D'accord ! Alors à ce soir !

- Pas de blème.

Cette matinée-là, je ne pus récupérer la correspondance de Riton et Gwladys mais ce n'était que partie remise.

Pour rejoindre *Le rouge est mis*, je me débrouillai par mes propres moyens. Il était 13 H 30, quand j'y foulai le seuil.

Cette visite impromptue illumina le visage de Robert, avec sa serviette sur l'épaule et son éponge dans sa mimine.

- Tiens, un revenant ! me nargua-t-il. On t'a viré de ton taf pour feignantise ou quoi ? En tout cas, tu tombes bien !

Bob me mena jusqu'à une table dans le fond de l'estaminet où un homme, la soixantaine passée, se laissait glisser un express.

- Je vous présente Marc Montgibaud lui annonça Robert. C'est la personne dont je vous ai parlé.

- Marco, je te présente Jean-Louis.

Ce dernier était tiré à quatre épingles avec un costume cravate nickel chrome. Sa voix était tannée par le tabac des cigares maousses qu'il fumait. Sa poignée de dextres était franche et virile. Il me permit de prendre un repose-cul et de me joindre à lui. Nous rentrâmes aussitôt dans le lard de l'affaire…pourtant pas cochonne !

Je lui fournis les éléments dont je disposai. Il réfléchissait en pompant sur son barreau de chaise, digne de Fidel.

- La fumée vous incommode-t-elle ? me sollicita-t-il en rompant le silence monacal de sa méditation.

- Aucunement.

Alors, Jean-Louis reprit ses errances neurologiques et les yeux mi-clos s'abandonna à lui-même.

- L'homme de loi que j'ai conseillé à monsieur Charbonnier est la solution siné qua non à votre problème. C'est un idéaliste prêt à tout pour que la bonne cause triomphe. Gilbert Gorces, c'est son patronyme, croit à la justice et veut bien se mouiller mais pas se noyer. C'est humain. Il a une quarantaine d'années et encore une carrière prometteuse devant lui. Votre affaire le satisfera, seulement et seulement si : elle est impeccablement ficelée. Avancez-lui des preuves tangibles et solides, et Franck Nelson recouvrera la liberté.

Un seul bémol, Gilbert Gorces est un original, donc une personnalité singulière et susceptible. Écoutez-le et ne tentez aucunement de le dissuader de recourir à des méthodes orthodoxes et grégaires. Car illico, vous pourriez vous retrouver sur le seuil de son cabinet sans ménagement. On a beaucoup pouffé dans les prétoires au sujet de ses plaidoiries grandiloquentes, lyriques et interminables mais très peu des fruits qu'elles ont donnés. Un tas d'innocents remis en liberté et le droit de se défendre pour les indigents.

Jean-Louis s'excusa, et sortit de la poche intérieure de son costard, un téléphone portable. Alors avec ses minuscules minimes manucurées, il tapota le numéro de l'étrange avocat.

Un rancard avait été fixé pour cet après-midi à 17 heures chez Gilbert Gorces. Avant de me ramener chez moi, Robert voulut mon sentiment sur Jean-Louis, ce qui fut une excuse pour grignoter des sandwichs faits maison et boire un verre de Chablis.

- Un gugus consciencieux et méthodique de la vieille école. Il connaît la ritournelle des tribunaux comme ses fouilles. Un ancien manitou.

- D'ailleurs pas besoin de te préciser que votre verbiage doit rester secret.

- Tu me connais. Muet comme une tombe. La seule flipette que j'aie, c'est l'entrevue avec Gilbert Gorces. Pourtant, les excentriques ont toujours eu grâce à mes yeux. Je les kiffe parce qu'ils vivent à fond leurs trips et fournissent souvent des résultats plus qu'intéressant dans tous les domaines.

159

Quand j'appris à Robert les projets mortifères du père Lamy à l'encontre de Ryan, il me rassura en me disant qu'il allait lorgner du côté de *Chez Camille* après m'avoir jeté chez moi.

- T'es chouette, Bob ! Je retrouve Lamy à 19 heures chez Moby Dick.

- Non. Taureau ascendant toréador !

- Camille organise une nouba pour son frangin qui a été enchristé pendant 15 piges. Je ne sais pas où exactement la sauterie est organisée mais il risque d'y avoir des gros poissons donc du maquereau.

- Alors, n'oublie pas ton ciré, tes bottes et ton épuisette.

- Pour être plus sérieux, je gamberge pour savoir si les caméras planquées par Ryan ont conservé les images de ma trogne lorsque j'ai découvert la boite à chaussures et la correspondance de Riton et Gwladys.

- C'était la journée, n'est-ce pas ?

- Ouais, mais son installation machiavélique gratte 24 heures sur 24.

- Nous verrons bien mais reste sur tes gardes.

Nous embarquâmes dans l'estafette de Bob en direction ma crèche. Il ne me parlait pas et semblait préoccuper.

- Ça va Bob !
- Ouais.

A un feu, il prit un stylo et écrivit sur un bloc de papier ventousé à son pare-brise.

Il y a deux olibrius qui nous collent au derche depuis un moment.

Je lui répondis sur la même feuille :

Ce sont des poulets. Bouvard m'a affranchi implicitement.

- *O.K !* griffonna Robert. *Changement de programme. On fait semblant d'aller boire une tise chez Nestor. Je t'expliquerai plus tard.*

Bob alluma la radio et dit à voix parfaitement audible pour d'éventuels micros espions :

- Je t'invite chez Nestor. On va s'en jeter un petit chez lui.

La Providence nous avait gardé au frais une place de stationnement juste devant le rade *La Tanière de Nestor*, dont le proprio était une connaissance vioque comme Mathusalem de Robert.

Dès notre arrivée, les bourrades et les embrassades viriles plurent pour Robert. C'était des preuves d'amitiés sincères et lumineuses. Pas de la salutation de convenance. Du lourd !

Bob fit les présentations. Nestor était un amateur de catch et avait suivi la brève carrière de Robert sur le ring. Avec les années, ils étaient tombés dans l'amitié, du pied gauche, et cela leur avait porté bonheur !

Nous avions perché nos séants sur de hauts tabourets près du zinc. De cet angle-ci, nous pouvions lorgner sur la rue et zieuter la bleusaille. Chacun son tour de jouer les chasseurs. Garée en double file, dans leur tire de service, la flicaille tentait de nous entrevoir mais en vain. La mêlée de picolos autour de nous, causée par la tournée générale offerte par Nestor, nous rendait invisibles.

En aparté, Robert affranchit son pote Nestor sur notre situation. Puis Bob me fila une boîte électronique de la taille d'un Tamagochi, animal virtuel et adepte de chinoiseries puériles en m'expliquant en chuchotant :

- C'est Xav qui l'a bricolée. Dès qu'il aura des nouvelles du journal de Ryan, il te fera signe en t'envoyant un message avec ce bidule. Accroche-le à ta guibole avec l'élastique prévu à cet effet. Il est équipé d'un vibreur et d'un GPS. En cas de problème, tu appuies sur le bouton rouge et nous serons là dans le quart d'heure qui suit.

- Il ne fait pas ouvre-boîte ton truc ?

- Non.

- Eh bien, je le prends quand même !

- Ne flippe pas, je pars sur les traces de Lamy, le grand dadais picolo, Cio !

Ensuite, Nestor me mena vers une porte dérobée et je rejoignis mes pénates.

Devant le hall de mon immeuble, aucune trace de représentant de la maréchaussée. Par pure paranoïa, pourtant, je considérai les alentours à la manière d'un fin limier de chasse, la truffe en l'air. Résultat : négatif.

Prestement, je récupérai le courrier des derniers jours. Des pubs, des pubs et une facture EDF, prise en casse-dalle entre cet amas de promesses commerciales. Déçu, je grimpai alors dans mon appart pour me reposer et nourrir mes chères têtes orange, Bouton et Pression.

J'avais lu dans un magazine savant que la mémoire d'un poissecaille, ne dépassait pas quelques secondes. Après un tour de piste dans son bocal, il ne se souvenait de que dalle. Pourtant, j'avais la bêtasse sensation que mes deux colocataires à nageoires attendaient la béquée et reconnaissaient ma présence. A mon arrivée, ils ouvraient une bouche particulière comme pour me dire : *Enfin, tu es là ! Occupe-toi de nous. Nous voulons grailler.*

Ce que je fis aussitôt.

D'ailleurs, j'avais la ferme intention d'écrire au mensuel scientifique pour me plaindre de l'image déplorable qu'il véhiculait à l'encontre de mes animaux de compagnie !

Cet après-midi-là, le parfum de Sarah attira plus particulièrement mes naseaux. Elle avait laissé involontairement sa trace olfactive en piautant cette nuit dans l'appart. J'avais la sensation imbécile et douloureuse de revivre 3 ans auparavant. Alors que nous étions encore en couple et que je revenais des champs de courses à des heures indues, le cœur lourd de défaites, la tête embuée d'alcool et les poches garnies de tickets perdants comme des mille feuilles. Cette traînée d'Opuim, me rassurait et je pouvais m'écraser sur le sofa pour cuver mon vin et ma détresse intérieure.

Je traversai le logement et appuyai sur la touche lecture de mon répondeur qui me reliait avec mes congénères éparpillés un peu partout sur la planète (sic !) en mon absence.
La voix hystérique de Jocelyne Norton éclata mes portugaises et décolla la pulpe de miel du fond !

- La police vient de m'appeler. On vient de cambrioler l'entreprise de Riton. Et vous qu'est-ce que vous foutez ? Franck vient d'être mis à l'isolement à cause d'une bagarre. Vous l'avez trouvé votre avocat de mes deux ? Et votre enquête ça en est où ? Rappelez-moi fissa, je veux savoir ?! Je crois que vous m'avez assez trimballée depuis le début ! D'ailleurs, Ryan n'a jamais pu vous blairer ?

Elle raccrocha aussi sec. Il n'était pas question que je la titille maintenant. L'appel datait du début de la matinée et son ire devait être encore de braise.

Tiens, donc, Ryan ne pouvait pas m'encadrer. Il avait dû baver sur mon compte pour influencer sa vieille et la convaincre de m'allumer la tronche au tutu. Je la rappellerai plus tard.

Dans une heure, j'allais m'octroyer une demie siestoune dans le lit de Simon, pour être frais comme un gardon à mon rendez-vous. Sa taie d'oreiller était imbibée d'effluves de son shampoing pour bébé. Je mis mon réveil à contribution et m'endormis comme un ange dans le lit d'un ange.

Une jeune beauté en tailleur Chanel me fit patienter avant de rencontrer Maître Gorces. Ses lèvres pulpeuses et sa bouche profonde – j'avais cru entrevoir ses amygdales ! – laissaient à penser qu'elle avait dû avoir plus d'une écorchure à ses genoux pour parvenir à la hauteur de ses ambitions professionnelles !

De manière empotée, elle pianotait lascivement sur le clavier de son ordinateur. A la vitesse où elle grattait, elle pouvait largement voir venir d'éventuelles bévues orthographiques !

Cette fausse blondasse avait des écouteurs dans les oreilles et tapait probablement les notes de son tôlier.

De temps à autre, elle relevait sa figure et ses yeux semblaient éblouis par ma présence. Il y avait maldonne mais je ne tenais pas à en connaître les raisons. Elle me faisait penser à un tue-mouches ; ce ruban adhésif que l'on disposait naguère dans les cuisines de nos campagnes. Les *diptères muscidés* appelés dans l'intimité mouches, étaient intrigués par la bande adhésive jaunâtre et restaient englués Ad Vitam Æternam !

Quelque part, il était certain qu'avec ce canon, c'était la même limonade. Au premier abord, tout semblait prometteur et puis très vite, les emmerdes étouffaient le reste. Je n'eus pas le temps d'approfondir la question, puisque Gilbert Gorces entra en piste.

Cette intrusion, sans prologue, fit sursauter Miss Cucu la praline et moi-même, comme si nous avions été pris la main dans le sac, si je puis dire, à jouer à touche-pipi.

- Monsieur Marc Montgibaud ? Si vous voulez bien me suivre dans mon bureau.

- Oui. Pas de problème.

Cet escogriffe, d'au moins deux mètres et épais comme une limande me mena à son burlingue.

- Elle est belle ? me questionna-t-il quand nous fûmes dans son antre.

- Comment ? répondis-je absolument absorbé par la pièce qui dégueulait de dossiers, de livres de droit, de cannettes de soda, et de cartons de pizza.

- Je vous parle de Charlotte, elle vous botte ?

- Par particulièrement précisai-je.

- Pourtant, vous ne me sembliez pas indifférent à son élégance rustique. Vous avez vos chances, mon garçon ! Elle couche avec tout le monde ! Et c'est un bon coup !

Par contre, elle a le Q.I. d'une huître. Parfois, elle confond son vernis à ongles avec le fluide correcteur, c'est impressionnant !

- Je suis heureux que vous me parliez de votre personnel avec autant de bienveillance mais je suis là pour l'affaire Franck Nelson, répliquai-je, irrité par son ton macho et badin. Aussi, je lui balançai la chemise cartonnée qui contenait les nouveaux indices, tout droit sortie de mon sac à dos.

Maître Gilbert Gorces dévora les photocopies et ne releva pas la tête. Pendant plusieurs minutes, il ne pipa mot et se concentra sur le dossier. De manière mécanique, il piochait dans une boîte de réglisses comme pour l'aider dans ses analyses.

- Pas de soucis. Je prends votre affaire en main. Jean-Louis m'a fourni l'intégrale du dossier d'inculpation de Franck Nelson. Je vais saisir les autorités compétentes et me déclarer l'avocat officiel de ce monsieur.

Gorces me causait le tarin toujours planté dans sa paperasse.

- Pouvez-vous appeler la mère de Franck Nelson et lui expliquer votre rôle et la suite des procédures demandais-je tout péteux.

- Très certainement. Je comprends votre réticence à apprendre à cette exemplaire épouse et maman, qu'elle a été cocue par sa sœur et beaucoup d'autres et que sa vie de couple n'était que purs fantasmes et mensonges ! Ne craigniez rien, je vais y mettre les formes. Je vais la préparer au pire. J'ai l'habitude !

Face à maître Gorces, je mis en berne mes soupçons à l'encontre de Ryan. Pas de preuve mais juste un pressentiment.

Quand je le quittai, Gorces se leva mais ne me serra pas la pince, et avança ses guêtres près d'une minuscule table basse sur laquelle était posé un jeu d'échecs électronique. Dans ce boxon apocalyptique, je n'avais pas fait gaffe à la bécane.

Il déplaça une pièce sur l'échiquier et se mit à péter les plombs de joie, en sautant comme un cabri devant le jeu de stratégie qui bipait et clignotait à la manière d'un manège de la Fête des Loges.

- Tu es mât ! gueulait-il en s'adressant à la *maquina* bourrée de diodes de mercure. Je t'ai eue, petite salope !

- Je vous laisse maître. Bonne fin de journée.

- Je vous appelle lundi pour faire le point.

En passant devant Charlotte, je remuai sensuellement mon anatomie d'un petit quintal pour attirer son attention. Rien. Aussi, elle m'inspira cette définition de mots croisés : *elles tapent, elles frappent mais ne cognent jamais* *.

Après avoir claqué la porte, j'entendis maître Gorces dire :

169

- Lolette, finies les conneries ! Tapez une lettre au juge d'Instruction dont voici le nom patronymique concernant la libération d'un innocent en prison depuis trop longtemps.

Comme il me restait une plombe et demie à tuer avant de retrouver Guillaume Lamy au bar-PMU de *Chez Camille*, j'eus la judicieuse idée de récupérer la boîte à godasses planquée dans l'entreprise du glacial et défunt Riton.

Je montai dans le premier bus qui me tomba sous la main et pris la direction de la gare la plus proche. En cette fin d'après-midi, toutes les binettes que je croisai, me semblaient crever et claquer par leur journée. Sans doute parce que nous étions vendredi. Deux ou trois ratiches apparurent au détour d'un sourire mais pas plus en un quart d'heure de temps.

Pauvres usagers des transports publics que nous étions ! Pauvres de nous ! Certains lisaient leurs baveux, d'autres dévoraient le dernier bouquin qui était premier sur la liste des meilleures ventes. Et d'autres encore, comme bibi, se lorgnaient comme des chiens de faïence, hypnotisés par nos emmerdes intérieures, le corps chahuté par les caprices des rues, délaissés par les services techniques des villes que nous traversions.

Dans la gare, des consignes à bagages me firent penser à une planque idéale pour le courrier intime de Riton Norton.

A 18 heures 15, j'arrivai devant la société Norton. J'avais les colombins. Une appréhension récurrente me tiraillait le bidon. En zieutant le paysage alentour, je ne détronchai rien de suspect.

La grille de l'entreprise était ouverte. La preuve savante que Guillaume Lamy était dans les murs ou peut-être Ryan. C'était ce dernier qui me filait la pétoche. Etait-il armé ? Avait-il découvert la boîte grâce à ses caméras cachées ?

Mon côté optimiste opta pour l'hypothèse selon laquelle Lamy était rond comme une barrique et qu'il avait oublié de refermer derrière lui.

À pas de velours, je traversais la cour. Seule, la circulation de la rue meublait le silence. Du dehors, dans la pénombre, un filet de lumière était visible dans le bâtiment administratif.

Tel un mistigri en chasse d'une rotteuse, j'avançais savamment. Le parcours habituel pour accéder à mon burlingue me parut infini. Le clic du chien d'une arme de poing clôtura définitivement ma pétouille.

- Bouge pas où les anges te mèneront en enfer !

Je poussai un puissant *ouf* de lestage quand je reconnus l'accent de mon poteau Robert. Le salaud avait le sens de la formule.

- Eh, mec, tu ne vas pas me tuer ?

- Je prends mes précautions !

Vautré sur mon bureau de Formica, on aurait dit que Guillaume Lamy bectait le clavier de l'ordinateur. En fait, il cuvait en ronflant comme un 38 tonnes.

- Il a tenté d'appeler Ryan pour lui tendre un piège mais il était tellement beurré qu'il s'est écroulé avant de composer le numéro.

Comme je te l'avais promis, je l'ai cherché pour le fliquer et je l'ai croisé *Chez Camille*, déjà bien cuit. Il m'a fait des confidences plus ou moins fiables.

Il a voulu que je l'emmène ici parce qu'il était trop dépouillé pour tenir le cerceau. J'ai joué les chauffeurs. Il m'a avoué ses attentions de meurtre juste après notre arrivée.

Sans tarder, je me mis à la traque de ma boite à lettres. Sans peine, je retrouvai l'endroit exact et déplaçai la fausse dalle pour atteindre la planque. Le trésor s'était

172

fait la malle ! Le facteur avait déjà relevé le courrier.

- Aie, Ryan est déjà passé. Il sait tout. Enfin, je pense que c'est lui !

- Écoute, on verra ça plus tard, pour le moment, direction *Chez Camille*. On va laisser cuver pénardement le Guillaume.

En ressortant de la tôle, je ne vis pas la camionnette de Bob.

- Tu l'as planquée où ta caisse ? demandai-je.

- J'en ai changé. Nestor m'a prêté la sienne. Tu sais, les condés qui nous filaient le train, eh bien si cela se trouve, ils macèrent encore dans leur planque devant l'estaminet. Je suis sûr qu'elle était truffée de micros alors j'ai eu cette fulgurance.

* Secrétaires

Mettre les petits plats dans les grands, il y en a qui savent et d'autres pas. Camille Lettelier était de la trempe de la première catégorie. J'étais là dans son établissement avec tous les piliers de bars habituels ainsi que toutes les âmes de ceux qui avaient levé le coude pendant des décennies et dont le souvenir vivace hantait encore les esprits des survivants. Leurs exploits bibinesques les rendaient immortels. Même au Paradis.

Ce soir-là, nous étions tous déguisés en pingouins.

A mon arrivée, dans ma piaule de *Chez Camille*, un smoking impeccable m'attendait sur un cintre, enveloppé d'un plastique de blanchisserie et des pompes neuves qui allaient avec. Une odeur de propre, inédite dans la chambre, émanait du costard de Milord. On me laissa même la choise entre une cravetouse et un nœud pape. Je choisis la seconde option.

Dans le bar-tabac PMU, l'ambiance flirtait avec l'hystérie générale. Nous trinquions à la roteuse et uniquement à la roteuse. Les coupettes tintaient la festivité du moment.

Toutes les devantures de picolos que je croisais, ne m'étaient pas inconnues. Sous leurs costumes trois pièces de corbeau, ils avaient une allure avenante.

Ce n'était plus des as de piques, des épouvantails d'automne mais des alcooliques anonymes !

Dans ce repaire comique de sosies de James Bond, tendance Roger Moore avec réchauffante couleur auburn et sourire hémiplégique, Guillaume Lamy apparut. Ce dernier était tiré à quatre épingles comme nous autres. La seule bourde qu'il avait commise, fut de s'être aspergé d'une quantité titanesque de sent bon. Ce salopiaud, était frais comme le rosé de l'aube, que l'on laisse ventiler au fond de l'étang pour le premier casse-croûte les jours de pêche.

Lamy avait partiellement cuvé. Quand il me vit, il me fila une bourrade à en renverser mon verre. Ce type était une force de la nature, une énergumène alcoolodépendante. Son foie était une usine à téter les degrés. Même son haleine était admirable et respirable. Rare pour un poivrot de son calibre ! Remarquez tous les marcheurs ne sentent pas des pieds !

- Ne me lâche pas d'une semelle, on va nous emmener en Sologne dans un château dont le proprio est un émir arabe m'affranchit Lamy. Tu vois qu'ils ne sont pas tous feignants les Arabes !

- Arrête de déconner ! T'as encore un coup dans la musette ?

- Mais non ! D'ailleurs tous les locdus qui nous encerclent ne sont pas de la partie. Camille va se pointer dans quelques minutes. Il a tout organisé. Ses clients pourront se dépouiller la trogne jusqu'au bout de la nuit. C'est Tonio qui s'occupera de la maintenance.

Quant à nous, l'élite, que dis-je la crème de la canaillerie, on décolle dans une heure. Je t'ai pistonné auprès du gros pour tes talents de gestionnaire. Tu es du voyage.

Dans le gaz total, je lui esquissai un sourire de la SNCF, genre soyez rassuré, nous n'en savons pas plus que vous !

Un murmure vint alors du troupeau de déficients ou futurs hépatiques qui nous entourait puis le silence se fit presto.

Camille Lettellier en costard blanc avec une rose rouge dans la poche avant apparut. Il était beau comme un camion. Enfin, il n'était pas comme d'hab ; sa tignasse luisait comme une barquette de frites à la Braderie de Lille tellement il avait forcé sur la Gomina.

De droite à gauche, il alluma tous ses quinquets sur la populasse que contenait son bar-tabac PMU. Il faisait un clin d'œil par-ci, un hochement de caboche par-là, un geste amical aux autres abrutis.

Lorsque ses mirettes croisèrent les miennes, le molosse se figea pendant deux secondes. Nous nous zoomèrent à nous en faire pêter la rétine puis il écarta ses ratiches qui étaient malheureusement toujours aussi pourraves : une noire toutes les deux dents puis me sourit.

Camille Lettellier prit le crachoir et déversa quelques mots avec une aisance certaine et une aura indéniable.

- Salut, mes poteaux. Ce soir, c'est aussi la fiesta pour vous tous, bande de gougnafiers. Pour ceux que je connais depuis Erode, vous êtes mes frangins. Ne cherche pas cette ville sur la carte routière, Lamy, tu ne le trouveras pas !

Toute la galerie s'explosa de rire même l'intéressé.

- Alors comme mon frérot de sang reprit la grosse baleine, sort de zonzon, nous allons fêter cela en famille. J'ai mis à votre dispo tout le matos nécessaire pour bringuer jusqu'à plus soif. Je ne vais pas pouvoir vivre l'événement avec vous autres…

Des *ouh !* de mécontentement giclèrent de partout.

- Mais vous me raconterez. Soyez sages, je vous laisse entre les mains de Tonio.

À ce moment-là, Guillaume Lamy me chopa par la manchette ornée de boutons dorés et me tira vers la sortie.

Flirtant avec le caniveau, une interminable limousine blanche, d'environ une dizaine de mètres nous attendait. Cette automobile ricaine irritante aux yeux du pékin urbain lambda, nous fit passer pour des *Winners*. L'intérieur était en forme de L. Il renfermait tout l'outillage nécessaire pour se fendre la margoulette et rassasier un dromadaire alcoolique ! C'était une oasis sans eau.

Un gras double dont le ramage était impec, tenait en son bec un cigare. Il nous salua à peine.

Guillaume et moi posâmes nos fions près de lui. Pour tout dire, je n'étais pas pénard. La sueur dévalait sur toute ma carcasse. Camille allait se pointer avec sa face de Barbe Bleue de la Saint Sylvestre et je me sentais enchrister, pris dans une sourcière et incapable de réagir.

Les volutes du havane incommodaient mes naseaux et me portaient sur le cœur. Entre deux cercles tabagiques, le type de chez Mickey s'envoyait une goulée de whisky. S'il continuait à jouer à l'indien, bientôt on ne pourrait plus mirer nos tronches dans la caisse !

Tout à coup, la porte s'ouvrit de l'extérieur. Camille Lettellier était là et luttait pour s'introduire dans le véhicule légendaire. Quand cela fut fait, il toussa et chassa avec ses battoirs l'encens de Cuba.

- Salut, John ! cria-t-il. *STOP SMOKE, PLEASE, STOP SMOKE !* Le locataire du Nouveau Monde s'exécuta.

Alors, un autre gugus pointa son séant mais la fumée m'empêcha de reluquer son blaze. Comme Moby Dick, il était enrubanné dans un costard immaculé.

Les secondes passantes et le mur nicotinique s'effritant, je reconnus Ryan. Oui, oui, c'était bien sa tête de pus qui se reconstituait devant moi. A cet instant, j'aurais rêvé être ailleurs.

- Bonsoir, monsieur Montgibaud ! me lança Camille qui avait posé sa raie à côté des betteraves d'alcool. Ça roule ?

- Pas de blème feintai-je en sentant une larme de sueur surfer sur mon caillou qui devenait une piste d'atterrissage pour les mouches au gré des années.

- Je ne vous présente pas Ryan Norton, je crois que vous vous connaissez déjà.

Le susdit Ryan écarta son claque-merde et fit jaillir ses canines de vampire en répliquant :

- En effet.

- Alors, nous allons trinquer ensemble ! déglutit le gros Camille. Guillaume alias Guitou pour les intimes m'a fait des pataquès de ton taf dans l'entreprise Norton. Impec, j'ai encore mieux à te proposer et cela te rapportera un joli paquet d'oseille.

Sinon, l'autre gogo avec nous, c'est John Altman, un industriel amerloque. Une buse qui me rend pas mal de services. Il est con comme un manche mais m'aide dans le business. Ouais, depuis peu, je fais dans l'internationale !

Moby Dick dégoupilla une boutanche de Moët avec les crocs. Impressionnante prestation scénique. En ce début de 21ème siècle, l'homo sapiens en complet Yves Saint Laurent ressuscitait de ses cendres devant nos turlutes éberluées.

L'acharnement viscéral avec lequel Camille tentait d'extirper le liquide pétillant, était féroce et indescriptible.

Avec Lettellier, les professionnelles de la ratiche devaient s'arracher les tifs.

La giclée champagnesque finit par bénir presque entièrement l'habitacle de la profonde calèche.

Guillaume Lamy ne dérogea pas à sa légende de fayot devant l'éternel. Il chopa des flûtes et nous pûmes trinquer.

- A nous, la canaille ! s'égosilla Camille. Mon entrée dans le Milieu me fila la courante. Je l'avais en travers de la gorge !

Sur grand écran, la saga des Parrains et Scarface m'avaient définitivement conforté dans un avis : la violence n'était pas une solution durable.

Tous ces clans à la con qui jouaient du matin au soir du crucifix à ressorts et s'arrosaient le cul de plomb pour obtenir des privilèges occultes et surtout de la fraîche, savaient pertinemment qu'ils finiraient tous au même endroit : Boulevard des allongés où l'omerta est scrupuleusement respectée !

Ce monde de zozos, dur, doux et dingue, ces hurluberlus à l'âme de Brutus, prêts à repasser leur père pour prendre sa place, ce n'était pas mon trip.

Certes, j'aimais bien être entouré par mes potes mais pas par des doulos et autres langues de belles-mères qui m'auraient fait becter mon bulletin de naissance à la première occase !

Ryan profita de l'effet de la roteuse pour cracher son venin.

- Alors, monsieur Montgibaud, votre enquête sur le dézinguage de mon vieux avance-t-elle.

Camille, la grosse baleine, déguisée en séducteur, me jeta une mirette sombre, puis resta paupières closes, style méditation à la Bouddha. Pourtant, illico, je pigeai que leur duo de Laurel et Hardy n'était que du bluff. Ca ne collait pas entre eux.

- Ah, Camille, j'avais oublié de te dire. Marco est venu marner dans la tôle Nelson pour faire enchrister le fumeur de mon connard de daron. Il a joué à OSS 117, ce tocard ! me nargua Ryan.

- C'est ton frangin qui m'a sollicité et je l'ai fait gratos, répondis-je.

- Et tu croyais qu'en jouant les balançoires auprès des keufs, cela ferait avancer le blème ?

- Les flics ne savent rien de mon taf ! mentais-je en sachant que j'étais pisté comme un sanglier déglutissant et éructant avant l'hallali. D'ailleurs, je comptais sur eux pour me sortir de la mouise.

- Eh bien, c'est fait. Ma conasse de belle doche, Jocelyne leur a craché le morceau suite à sa convocation pour le casse de l'entreprise. Elle leur a expliqué tout un tas de bricoles sur ta fiole.

- Désolé ! dis-je piteux.

- Enfin, pour un puceau de la déduction criminelle, tu es fortiche poursuivit Ryan.

Avoir dégoter des preuves susceptibles d'envoyer Gwladys, la meuf de mon frangin, au violon, super ! Pas mal mais tu es à côté de la plaque, coco !

Puisqu'il ne te reste que très peu de temps à vivre, je peux te…

Camille lui cloua le bec.

- Pas de panique, Ryan. Tu es trop fougueux. Tu vas nous le faire crever le pauvre bougre. Il faut le ménager.

Moby Dick disait vrai. Dans mon calbute, j'avais le cigare au bord des lèvres.

- On ne va pas lui arracher la langue tout de suite reprit Camille. Attendons qu'il crache au bassinet avant.

Guillaume Lamy était pété de rire. Camille le recadra daredare:

- À ta place, je fermerai mon claque-merde et je ne ricanerai pas de la scoumoune d'autrui. Parce que toi aussi mon cochon, tu es dans la mouscaille ! A force de répandre ta logorrhée aux quatre coins des zincs de la ville, tu aurais pu faire capoter tout ce que j'avais construit et entrepris.

À cet instant, mes écoutilles se bouchèrent et un coup de mou me fit tourner de l'œil. Les excès de ces derniers jours ne jouaient pas en ma faveur.

On me ramena sur terre sans ménagement. Mes paupières clignèrent et ma gorge déglutit. Horreur ! Guillaume Lamy avait une tâche vermillon sur le front. Il venait de larguer les amarres et rejoindre Saint-Emilion !

Ryan Norton tenait un pétard dans ses pognes

Camille appuya sur une télécommande et la longue charrette stoppa. Le chauffeur, un loufiat en noir et casquette, ouvrit la portière et débarqua le macchabée encore chaud de Guillaume Lamy.

Aussitôt, la limousine décanilla.

Le ricain, John Altman rigolait en s'envoyant des pistaches dans le gosier. Il faisait une pichenette avec ses doigts boudinés et le projectile retombait toujours dans sa gueule de boxer baveux. Ryan affichait encore un rictus glacial et morbide à mon égard.

Face à eux, j'avais l'impression que je serais le prochain à me faire dessouder. La mort ne m'effrayait pas. Le plus dur serait de ne pas respirer les cinq premières minutes ! On faisait tout un fromegi de la Grande Faucheuse mais elle œuvrait pour l'équilibre du monde. Bien entendu, on pensait différemment quand notre tour sonnait. Alors, on pensait à ceux qu'on devait abandonner par la *farce* de la vie, bon gré, mal gré. On pensait donc aux siens puis à ce que l'on ne ferait jamais, les pays qui nous resteraient toujours étrangers, les métiers que l'on exercerait pas, aux étoiles que l'on atteindrait jamais et aux femmes qui resteraient des fantasmes à jamais.

- J'ai appris par des amis que ta taule en beurre est remplie jusqu'à la gueule m'interrogea Camille en se servant une nouvelle coupette.

- Des fadaises ! répondis-je calmement pour gagner du temps. Mon blé allait peut-être me sauver la vie.

- Tu as gagné des millions d'euros aux courses renchérit l'immonde baleine. Tu es un turfiste de premier choix.

- Bien aimable mais c'est du baratin. Quelques milliers d'euros tout au plus sont tombés dans mon escarcelle. Juste de quoi payer mon loyer, de vivre plus chichement et penser à ceux qui n'ont rien.

- Arrête de pipoter, l'Abbé Pierre sinon tu vas te retrouver face au Boss plus tôt que prévu.

- Je ne joue pas au charlot. D'ailleurs comme je suis orphelin et sans descendance, j'ai fait don à diverses assos sous forme de testament.

- T'es rincé ! Je sais que tu as eu un gniard avec une poule d'origine arménienne dont le pater est un industriel dans le textile. Donc, si tu n'as pas de fric, elle en a.

- Il y a longtemps que nous sommes séparés mais nous n'avons jamais eu de gosse. Et puis ma belle-famille n'a jamais pu me blairer alors pour une rançon, vous pouvez vous accrocher.

- On verra ça plus tard. Pour l'instant, je veux des images et c'est toi qui va me les rapporter. Tu blanchiras le flouse avec les courses.

- Je refuse de collaborer.

- Ne t'emballe pas !

- Je te l'avais dit qu'il était têtu comme une mule ! s'excita Ryan.

- Mais non, mimot. Il faut le laisser décanter. C'est comme le pinard. Il se laisse découvrir que lorsqu'il est à bonne température et ici, il fait trop chaud. Nous allons ripailler et faire la fiesta pendant que môsieur va gamberger du cigare se réjouit Camille.

Marco, tu as pigé que nous ne sommes pas des branquignolles. Mon frère Jacky vient de sortir du ballon et nous avons l'intention de monter une organisation active sur tous les fronts. Au violon, mon frangin a garni son répertoire de nouvelles canailles, spécialisées dans diverses carabistouilles. C'est du pain béni pour nous. Même Ryan nous a rejoint et il est vrai que son taf nous est précieux. A toi de réfléchir.

C'était tout réfléchi, ce monde-là, je leur laissais.

Le gros demanda à Ryan de me fouiller. Le génie en langage machine s'y employa. Il paraissait gêner comme un adolescent face à sa première péripatéticienne et m'effleura du bout des pinces.

Au hasard et avec hésitation, il tâtonna dans la semoule et fit chou gras. Il ne décela donc pas le bracelet confectionné par Xav.

- Rien ! dit sobrement Ryan. Il n'a pas d'arme.

L'Amerloque observait la scène en continuant à s'empiffrer et à grailler ces amandes verdâtres avec toujours la même délicatesse des bouffeurs de hot-dogs.

Les Ricains nous avaient tirés de la botte nazie mais nous avaient laissés en héritage tous leurs travers : les cibiches blondes, les hamburgers, les sodas, les séries télévisées débiles et les crédits à la consommation.

Ce qui voulait dire à long terme : du cholestérol, du diabète, des accidents vasculaires cérébraux, des cancers et la rue comme avenir. Royal !

La coupe rosée, le souffle court et le bide prêt à péter, c'était le portrait-robot de Altman. Un bel échantillon venu des States.

Pour être franc, dans la limousine, à l'exception de Ryan, nous n'étions pas des adeptes du régime crétois. Camille pesait dans les deux cents kilos et moi, j'atteignais le quintal !

John Altman s'envoya encore une pistache mais celle-là irrita son gosier et il commença à crachouiller. Son teint rubicond de nature vira au rouge sang. Ses mirettes bleu ciel prirent congé de leurs orbites à la manière du loup de Tex Avery. Il se tenait le collebac comme si cette partie de son anatomie faisait office de base de lancement d'un missile.

Camille activa convulsivement sa télécommande en gueulant :

- Alfred, stop !

Ryan fientait sous lui en sautillant comme une perruche sur l'épaisse banquette. En le matant, je lui prédisais une brève carrière dans les arnaqueurs professionnels. Tout palot, il ne passerait pas l'hiver parmi les repasseurs. J'avais le pif pour flairer les toquards. Les chevaux n'étaient pas si différents des hommes. Lorsqu'on est turfiste et que l'on écume les hippodromes, on renifle prestement les handicaps d'un trotteur. Les cotes et préférences de la presse spécialisée ne sont que des balivernes.

Avec l'expérience des coursives, à la vue d'un grasset, d'un jarret, d'une ligne de dessous ou d'une coupe de lance, on dégaine un pressentiment précis de l'état du cheval.

C'était peut-être mon pedigree terrien, mes racines corréziennes qui m'offraient cette aptitude. Jadis, mes aïeux avaient fait la foire, non point pour guincher, mais pour vendre ou acheter des bestiaux capables de les nourrir ou pour les revendre plus tard pour garnir leur bourse. Bovins, ovins et autres gallinacés étaient passés dans leurs mains expertes afin d'être tâtés sous toutes les coutures. On essaye toujours un fringue avant de l'acheter et bien là, c'était le même principe.

Donc, d'après moi, Ryan allait se faire becter par les piranhas, point à la ligne !

Soudain, la porte de la limousine s'ouvrit et Alfred, le sous-fifre aida le ricain à dégager ses soufflets.

C'était le moment où jamais. Camille restait immobile devant son associé qui fermait doucement son parapluie. Il ne réagissait pas. A cause sans doute de la combinaison émotion et champagne.

Sans comprendre mon geste, je détalai comme un lapin. C'était mes guiboles qui me guidaient. J'avais quinze ans dans ma caboche. Je courais et courais encore. Devant moi, c'était le noir total. Des branches et ronces me lacéraient le buffet et la trogne.

- Rattrapez-le ! éructa bientôt l'écho de Camille. Je le veux vivant ! Nous sommes à deux bornes du château. Il ne peut pas nous échapper.

Dans mon crâne de piaf, pas d'interrogation. Tout était suspendu, figé. J'étais un adolescent. Je volais la tête pleine de rêves, de destins inaccessibles. C'était galvanisant pour moi. Mes camarades d'alors Olivier, Hervé, Michel, Thierry m'apparurent. Pourquoi cette période de ma vie s'invitait-elle à mon bon souvenir ? Peut-être parce que c'est la période où un homme commence à marquer son territoire. Pas en pissant contre les réverbères comme les clébards mais en faisant juste croire, faisant juste semblant d'avoir vécu et l'air d'avoir l'air. Comme le restant de sa vie.

Après cet état de grâce, c'était l'état de graisse qui reprenait ses droits. Mon souffle périclitait, je perdais de la vitesse et mon palpitant ne suivait plus. Des moucherons multicolores vinrent embrumer ma vision. Je ne captais plus rien. Soudain, lamentablement, je me vautrai sur le sol boueux et bectai par les trous du blair de la terre de Sologne. Parce que d'après le big Camille, nous étions en Sologne. De cette région, je ne connaissais qu'un film intitulé : *Partie de chasse en Sologne*.

A part des gros plans sur des verges et des monts Vénus dont les proprios étaient nus comme des vers en plein frima de l'hiver, je ne vis pas grand-chose. Il est bien pour cela Marc Dorcel. Seul, le tête de nœud des acteurs lui importe !

Chlasse, je gerbai la terre et attendis. Mes tympans jouaient un air de tam-tam qui me suppliait de rester allonger. Il n'en était pas question. Je devais gicler de là !

Un de mes réflexes fut d'appuyer sur le bouton du gadget de Xav, morbaqué à ma guibole.

Un quart d'heure, après ton appel, nous serons là ! m'avait affirmé Robert. Tu parles ! J'allais clamcer, seul et perdu aux yeux du monde, oui !.

Une de mes esgourdes, collée au sol, canalisa des vibrations qui se rapprochaient. Je relevai ma caboche et fis le mort.

Alors une voix démonta le silence.

- Je te dis qu'il n'a pas dû aller bien loin !
Ce n'est pas un grand sportif conclut
Ryan.

En un mouvement, je fis un roulé bouler
sur moi-même.

- Alfred, tu as entendu. Je suis certain
qu'il est à notre portée. Il faut le choper
sinon Camille va nous faire chier nos
dents !

Les arpions des deux têtards effleurèrent
ma cache sans le savoir. Le duo des gugus
était muni de torches électriques. Les
faisceaux lumineux défloraient la lande et
la nuit épaisses.

Je me crus sauver quand ils battirent en
retraite. C'était sans compter l'odeur
nauséabonde et acide d'une plante
sauvage qui chatouilla les sinus. Ces
derniers réclamaient un éternuement. Je
tentai de les retenir mais mon nez n'en fit
qu'à sa tête ! C'était un petit gars de la
narine, un dur !

Le premier atchoum fut pareil à une
explosion thermonucléaire dans mon
cigare. Des éclairs jaunâtres explosèrent
dans mon cortex. Le deuxième
éternuement déchira mon tarin qui
expulsa une calagnole visqueuse. J'étais
cuit. J'avais une casquette sans avoir tisé
une goutte.

Une troisième salve de fourmillement se préparait. Un prochain vrai carnage couvait dans mes fosses nasales.

Une lumière irritante et aveuglante me tira de ma planque. Ce n'était pas l'apparition de Saint-Antoine mais les deux larrons qui me dirigeaient leurs lampes électriques en pleine tronche.

- Saligaud, tu croyais nous échapper ! Pas de bol ! exulta Ryan.

En guise de réponse, je lui éternuai en pleine poire avec quelques morceaux de glaviots sans colorants, ni conservateurs ! Après cela, le black-out total, tellement je me pris des coups de lattes et de pains.

Je suis certain que vous connaissez le barde Assurantourix, dans *les aventures d'Astérix le gaulois.* A la fin de chaque album, il est ficelé comme un sauciflard contre un arbre. C'était exactement la position indélicate dans laquelle je périclitais.

Je venais d'ouvrir les mirettes quand Camille Lettellier m'apparut avec son effroyable bouille et son goitre pellicantesque (qu'on mange !).

A force de me filer des roustes, la grosse baleine me sortit de mon évanouissement !

- Alors, ma gueule, ça va ? Bon écoute, on efface tout, tête de linotte et l'on joue franc jeu maintenant. Soit tu marches avec nous et tu ne le regretteras pas, soit…je ne te fais pas de dessin.

D'ici la vue est imprenable. Tu pourras te régaler en reluquant notre fiesta. Tu n'entendras pas beaucoup la musica mais on ne peut pas tout avoir. Bonne méditation. Good night…

Scotché à mon tronc, sur une hauteur quelconque, un sémillant château s'érigeait à deux cents mètres devant moi. Des projos l'éclairaient de toutes parts. Ils mettaient en valeur ses tours d'angles, ses chemins de ronde et ses crénots et merlots qui me firent penser que j'avais bientôt un rendez-vous chez le dentiste.

La température était dans le négatif. Idéal pour s'adonner à la photographie mais pas pour y pavoiser ! Je n'avais plus le choix. D'après mon champ de vision, le joujou électronique de Xavier jouait toujours le morpion sur ma latte.

Devant ma goule défilait un ballet de limousines dont les occupants étaient sapés comme des richards. Du personnel compétent, des larbins en somme, venaient accueillir leurs égaux avec tous les égards qui leur étaient dus.

Avait-on reçu ma bouteille à la mer, mon SOS.COM ? Je ne prenais pas Xavier Charbonnier pour un morveux. Loin s'en fallait. C'était un surdoué de l'informatique mais moi ce qui me faisait flipper, me chagrinait, c'était cette technologie qui était menée par des souris !

Quand on est pieds et poings liés, on se croit un petit peu mort. Votre ciboulot cogite, s'agite et disserte sur le temps passé. Je conclus que je n'étais qu'un gugus avec ses paradoxes comme il en existait des milliards sur la planète bleue. Dieu, nous a créés à son image mais pas à la grandeur de ses qualités.

Un hélico passa rasibus au-dessus de ma fiole et me tira fraîchement de mes torpeurs existentielles. Les palles me transformèrent en surgelé, prêt à consommer !

L'engin volant se posa sans blème. De toute manière, même si le zozo qui tenait le cerceau avait eu deux mains gauches, il n'aurait pas pu se viander tellement le terrain qui lui était alloué, était vaste et éloigné de la demeure classée monument historique.

Deux Men In Black giclèrent du pédalo volant. Suivirent deux hommes agréablement mis sous toutes les coutures. Deux autres sbires en costume funèbre refermaient la marche. Les deux manitous furent accueillis par Camille en personne.

Les quatre cerbères crétinos continuaient leur garde rapprochée en jouant aux cow-boys, lorgnant, zieutant la cambrousse de Sologne, prêts à allumer le premier écureuil qui n'aurait pas ses papiers !

À l'exception de quelques bestioles nocturnes et mezigues, personne n'attachait d'attention à eux.

Etre ficelé comme une paupiette, en complet, et en plein hiver, c'était un coup à finir avec un rhume de cerveau. Enfin, c'était déjà mieux qu'une balle dans la tête !

Le super Sherlock Holmes que je croyais incarner, se révélait être un Inspecteur Gadget plus vrai que nature, un Mister Magoo du crime, complètement à côté de la plaque, qui avait failli faire enchrister une frangine pour un crime qu'elle n'avait pas commis.

Aux alentours, un bruit suspect me figea sur place si l'on pouvait dire.

- Marco, Marco, c'est toi !

- Robert ?

- Ouais, désolé pour les trois heures de bourre !

Il était vêtu d'une tenue de camouflage noire.

Après m'avoir délivré de mes liens et filé une dose de gnole issue de sa flasque en métal, Robert m'emberlificota dans un style K-Way et m'enfourcha un galurin sur le caillou en guise de couvre-chef.

- Je vois qu'ils ne t'ont pas arrangé, ces enfoirés. J'espère que tu es en forme parce que Xav nous attend à quelques....pas d'ici !

- Je suis frais comme un poisson pané !

- Mets ces binocles, elles te permettront de reluquer comme à 11 heures, l'heure du premier apéro de la journée ! Suis-moi sans bruit.

Avec mes lorgnons qui ressemblaient à celle d'un soudeur et non d'un soudard, sinon, j'aurais dit des Ray Ban, je voyais la vie en vert et distinctement à plusieurs mètres.

Tel un caniche, je suivais mon bienfaiteur et m'appliquais à ressembler à son ombre.

- D'après Xav, la zone est tranquille. Seuls, quelques membres du service d'ordre de Camille pourraient rôder.

- Je suppose qu'ils n'ont pas des flingues en plastique !

- Pas de soucis, nous les verrons venir avec nos lunettes.

Pour recouvrer la liberté, je dus suivre un vrai parcours du combattant. Situation ubuesque pour un gamin qui avait bouffé le singe dans une sous-préfecture. Parfait pour dérouiller les articulations mais pour le reste…

Mes guitares jouaient des castagnettes et des douleurs intercostales m'obligeaient à serrer les crocs pour ne pas réveiller toute la forêt.

Robert me susurra que Xavier et un 4X4 bullaient à deux pas de là.

- À deux pas ! glapis-je. Ca fait combien de kilomètres ?

- Arrête de déconner.

Quand une première fusée constella le ciel avec des pépites couleur fuchsia, nous embrassâmes de nouveau le plancher des vaches. Ce feu d'artifice avait été organisé par Camille pour fêter la liberté de son frangin Jacky.

Dans les secondes qui suivirent nos trombines passèrent du bleu au vert comme des caméléons. Ce feu d'artifesses avait dû coûter la peau des rouleaux tellement il détonnait d'intensité. Mais pour une fois, les contribuables n'avaient pas mis les mains à la poche.

C'était déjà cela ! Le seul hic, c'était que nous étions à découvert sous la pétarade dans cette forêt dépenaillée. Il fallait gicler avant de perdre des coups…de soleil.

À la manière des poilus de 14-18, nous levâmes notre raie et en avant toutes ! La peur aux tripes et l'espérance à point d'horizon.

Deux ombres apparurent au loin. Certainement des sbires de Camille. Sans comprendre, Robert me chopa derrière la couenne et me fit une clef de catch afin que j'atterrisse la tronche dans le terreau.

- Désolé, Marco mais il ne faut pas se faire piquer ! Attendons qu'ils passent. Xav, peux-tu me rancarder sur la marche à suivre ?

- Bob, tu parles tout seul ? T'as perdu la boule ? flippai-je.

Mon poteau s'agaça et me désigna nerveusement avec son index, l'oreillette qui bouchait son esgourde. Quelques grésillements en sortaient et je pigeai que nous n'aurions pas besoin de boussole pour rentrer.

Les deux barbouzes munis de pétoires automatiques avaient du caca dans les noeils puisqu'ils passèrent près de nous sans nous voir.

- A tribord toute ! commanda à mi-voix Robert.

Comme j'étais un bleu-bite en langage marsouin, je talonnai mon ami. Sur le parcours improvisé, je ne fis que me vautrer et prendre des gamelles à tout va. Je détalai à la manière d'un cabri anémié. Par la Grâce de Dieu, j'entrevis enfin l'automobile à pétrole planqué sous une bâche.

Je crus que j'allais tomber en syncope et finir entre quatre planches…au sec !

Bob me le fit remarquer en me taclant verbalement :

- Je t'ai toujours seriné d'entretenir ta viande. Mate-toi, tu luttes comme un vieux bœuf. Il te suffirait de faire quelques pompes et abdos quotidiens et le résultat serait au rendez-vous. J'en suis l'exemple !

Je savais que Bob avait raison. Je m'encroûtais avec l'âge et mon palpitant en faisait les frais. Pourtant, je ne fumais plus, ne picolais plus mais ripaillais allègrement à la première occase…surtout chez Robert !

Nous ôtâmes la toile de couleur kaki puis nous nous engouffrâmes à l'intérieur de la guinde de *l'Homme qui tombe à pic*.

Xavier tapotait sur sa bécane portable. Il me fit un sourire chelou, bizarre. Il était jouasse de me revoir mais. Aussitôt, nous retirâmes nos déguisements grotesques de camouflage et Xav démarra à la Fangio.

Sans arrondir les bords, Bob me cracha la vérité :

- Tu es accusé du meurtre de Guillaume Lamy. On a retrouvé son cadavre chez toi dans ton sofa. Xav a chopé des papotages de flics sur leur fréquence avec son scanner.

- J'espère qu'il n'a pas fait de tâche. Parce que le sang sur la moquette, pardon !

- Plaisante pas. Tu as tous les képis au cul. On te soupçonne aussi de la disparition de Gwladys Bouvier.

- Ce sera tout ?

- Non, on te croît coupable de quelques petits trafics sous le commandement de

Lettelier. D'ailleurs, celui-là, s'il te chope, ce sera ta fête.

Mais n'aie pas les copeaux, Nestor t'a emménagé un nid douillet et tu verras, tu seras comme un coq en pâte dans sa cave.

- Sa cave. Oh, merde, je ne supporte pas les endroits clos !

- Allons, allons, nous serons là ! C'est juste le temps de préparer ta défense. Tu ne veux pas faire de la préventive pour rien. Alors boucle-là.

Les kébours sont déjà venus m'interviewer et je leur ai gentiment répondu que tu étais invisible depuis deux ou trois jours. Ils vont revenir, c'est sûr. Je les connais.

Ils ont dû déjà passer chez Sarah et ses vieux. Le père Bédéguian ne pouvait déjà pas te blairer et bien maintenant il a une occase en or pour te détester !

Notre plan est d'établir la culpabilité de Ryan et de retrouver Gwladys saine et sauve et parallèlement prouver ton innocence.

La toquante de la caisse marquait 7 heures. Sur notre trajet, nous ne croisâmes aucun pèlerin ou plutôt aucune pèlerine noire.

Alors que nous quittions la Sologne, nous fîmes une halte dans une station-service sur l'autoroute. Une autre tire nous attendait devant une boutique pour routards qui adorent raquer deux fois plus cher un caoua. Cela faisait partie du programme.

- On va s'envoyer un café ? proposa Bob.
- Sans moi ! dis-je.
- Prends tes frusques et installe-toi dans la Clio.

Seul dans la caisse, je finis par me faire une bonne noire. Quand j'ouvris les yeux, je me retrouvai dans une piaule agréablement meublée.

Je croupissais dans le fond de ma cavouze, le vague à l'âme. J'avais tout ce dont je pouvais espérer pour glandouiller. Une téloche plate avec un lecteur de DVD et un ordinateur équipé d'Internet. Le fait d'être enfermé dans ce clapier sans barreaux me filait des angoisses d'enfer.

Sur la Toile – pas celle dans ma caboche -, je tentai de me fendre la margoulette avec des jeux vidéo de notre début de siècle. Trop moderne pour mes zigs, je laissai béton. De mon temps, comme disaient les vieux séniles, les jeux à cristaux liquides genre Donkey Kong étaient beaucoup moins violents et plus jubilatoires. Ils nous ravissaient uniquement pendant notre temps libre après avoir fait nos devoirs.

Vers dix heures, ce dimanche, les radios nationales commencèrent à me casser du sucre sur le dos concernant le refroidissement éternel de Guillaume Lamy. J'étais l'ennemi public numéro 1. Les journaleux avaient suivi les conclusions de la bleusaille. Le motif paraissait obscur mais connaissant les liens de Lamy avec le Milieu, il s'agissait d'un règlement de comptes. J'avais voulu prendre sa place au sein de l'organisation et pour cela j'avais dû lui faire un troisième œil !

Sinon, sur les ondes, on me décrivait comme un turfiste millionnaire, séparé de sa famille, taciturne et sauvage.

Mon obsession de l'instant était justement de retrouver Simon et Sarah. Avec tous les emmerdements que j'avais dû leur créer, il fallait que je me justifie auprès d'eux.

La seule pensée que des paparazzis, ces maniaques de la péloche pouvaient se planquer à l'affût du moindre geste des miens me rendaient dingo.

De temps à autre, on toquait à la lourde des escardins. C'était Nestor qui venait prendre de mes nouvelles ou me proposer un plat roboratif fait par lui-même. Souvent, je n'y touchai pas. J'avais la dalle mais rien ne passait dans ma lampe. Nestor me soigna également les petits bobos sur le visage que m'avaient occasionnés Ryan et Albert lors de mon lynchage en forêt. Il me fournit également des fringues propres.

Il avait toujours un mot réconfortant, une boutade piquante et fraîche qu'il venait juste de glaner sur le zinc.

- Robert et Xavier font tout pour prouver ton innocence. Ils se décarcassent et je sais qu'ils vont y arriver.

Je l'écoutais sans l'écouter. Mes grottes de miel étaient pourtant nickel-chrome de propreté, mais Simon et Sarah hantaient ce qui me servait de cortex.

Pour moi, je n'avais pas à être là. J'étais immaculé de tous soupçons et je n'avais pas à craindre la loi. Dans ma vie, j'avais toujours fait de sorte d'être honnête envers les autres et moi-même. J'avais des travers mais je tentais de rester droit. Mon éducation catholique n'était pas étrangère à cela. Et puis il y avait l'âme. L'âme qui ne coupait pas mais qui devait étinceler.

Allongé sur mon padoque douillet, des idées macéraient dans ma boîte crânienne. Alors, les pires constats se cristallisaient en moi. Il me fallait agir malgré la trop bienveillance de mes amis et le danger de Camille et sa troupe de racailles.

Jadis, ma cache avait servi d'abris à des Juifs afin qu'ils échappent au sort innommable qu'on leur avait réservé. Je croyais à la mémoire des baraques. C'était peut-être débile mais c'était comme ça. Des ondes négatives naviguaient dans cette turne. Je le sentais malgré le concerto pour violon de Mendelssohn que j'avais déniché sur le net.

Enfin, bref, le blues devenant insupportable, je me décidai à prendre *mon crique et mes claques* comme disait un copain garagiste en empruntant l'escalier.

Comme je ne voulais décevoir quiconque, je priai pour ne croiser personne. Ce fut le cas. La porte s'ouvrit et j'entendis des cliquetis de verres, des éclats de voix à l'étage au-dessus comme dans tous les bons rades qui se respectent.

Une lourde donnait sur l'extérieur. Pas bonheur, je n'eus besoin d'aucun ouvre-boite pour me faire la malle. J'étais libre. Les dimanches sont très craignos pour les fugitifs. Pas un tondu dans les rues. Juste des clodos qui tendent une pogne pour parfaire leur saoulographie.

Avec mes ecchymoses sur la face et cela malgré les soins de Nestor, je devenais carrément une attraction pour cette journée dominicale ! Je me fis alors le plus discretos possible en marchant au rythme d'un baladeur en ce jour du Seigneur. Les nippes prêtées par Nestor furent parfaites. C'était un survêtement avec des grolles de marques. De plus, il m'avait mis quelques biftons dans les fouilles par précaution au cas où j'aurais dû sortir de mon trou avec précipitation.

Après avoir traversé plusieurs quartiers, je misais sur un bar-tabac ouvert pour acheter des baveux et faire le Point.

L'endroit semblait terne. J'espérais que ma trombine ne serait pas à la une de tous les journaux.

Le tôlier m'accueillit avec un sourire de faux derches. Je lui rendis la monnaie de sa pièce lui en achetant les derniers canards du jour! Ensuite, je posais mon fion à une table pour m'envoyer un caoua. Les pisse-copies de la presse écrite relataient les faits de manière plus pro que leurs cons de frères dysleptiques de la radio. Dans les gazettes, genre JDD, et le Parigo Libéré, quelques entrefilets narraient la crevaison du père Guillaume Lamy avec une présomption d'innocence pour ma pomme.

Les gorgées de café que je m'envoyais, me réchauffèrent le cœur. Une description furtive de mon blaze collait quasi à la réalité. Mon cœur se mit à nouveau à ronronner. Je réglais la douloureuse et m'arrachai en direction de chez les Bediguian où devait attendre Simon et Sarah.

J'avais deux heures à faire à pinces mais cela n'entama en aucune manière ma niaque. Même si je me jetais dans la gueule du loup, cela serait salvateur pour mon moral ! J'étais innocent et je comptais faire valoir mes droits.

Quelques promeneurs courageux faisaient leur marche dominicale. Aussitôt, cette madeleine de Proust se rappela à moi lorsque mon grand-père et moi dévorions des bornes en papotant de la vie. Il avait cinquante-deux ans d'expérience de vie de plus que moi. C'était mon mentor. Ses conseils étaient d'or. Je les buvais. Tous ses mots avaient un sens pour la vie qui m'attendait et que je croyais fastoche. J'ignorais alors que nos converses me serviraient plus tard.

Comment reconnaître un véritable marcheur ? Il a toujours un pépin sur lui et aux beaux jours, un pliant pour admirer la vue et se reposer.

Ce jour-là, je croisais de vrais couples de marcheurs qui murmuraient dans la joie avec leur riflard à la main. Ils faisaient la nique au temps frisquet et glaviotant.

Mon odyssée prenait fin maintenant. J'étais devant la gonde des Bédiguian tel Ulysse qui entrait dans le Royaume d'Adès.

Sans philosopher, j'enfonçais le bouton de l'interphone. A la voix irritée du père Bédiguian, je pigeai que la situation allait partir en sucette.

- C'est le père de Simon. Marc Montgibaud.

Avec stupeur, le portail en fer forgé s'ouvrit sur moi avec son bruit électrique caractéristique. Sans perdre des plombes, je courus vers le perron de la crèche. Alors René Bediguian sortit de nulle part.

- Et tu oses te pointer, ici, espèce de.. ?

- Je veux juste voir Simon et ensuite…

- Rien du tout ! J'appelle directos les flics qui vont te foutre en cabane.

Sur son téléphone sans fil de la maison, il composa un numéro. Je le laissai faire et me retins de lui sauter dans les plumes.

Derrière la gélatineuse carrure de René, je captai la présence de Simon qui observait la scène. Ce dernier n'hésita pas un moment et cavala en ma direction.

- Papa, papa ! J'étais inquiet pour toi m'agrippa-t-il au colbaque. Son palpitant faisait le marathon. Nous étions cœur contre cœur.

- Désolé, mon fils pour ton exposé de samedi. Ne t'inquiète pas. Ce n'est que partie remise.

- Pour dans une vingtaine d'années ! ironisa le vieux.

- Tout ce que tu entends sur moi à la télévision et à la radio, c'est du pipeau. Je vais revenir très bientôt.

- Papy dit que l'on va te mettre en prison.

- Mais tu sais bien que ton grand-père a beaucoup d'humour dis-je en fixant le gros René genre de signifier : tu es vraiment le roi !

Je vais m'expliquer avec la police et tout va rentrer dans l'ordre. Maintenant, bisous et rentre vite tu vas attraper la crève avec ton tee-shirt.

- Tu es blessé, Papa ?

- Quelques égratignures sans importance.

La splendide Victoire Augé déboula avec plusieurs de ses collègues en bleu. Je fus vite entouré, voire carrément encerclé. Je ne résistai pas.

- Vous n'avez pas chômé ! vannais-je le commandant de la flicaille.

- Toutes les issues étaient bouclées mais je dois vous avouer que vous nous avez donné du fil à retordre.

- Merci pour le compliment.

Pendant que nous parlions, un gardien de la paix voulut me mettre les pinces mais je me reculai.

- Nous sommes entre gens civilisés et mes poignets sont fragiles..

- Pas d'exception à la règle. Jc vous arrête pour le meurtre de Guillaume Lamy et l'enlèvement de Gwladys Bouvier. Vous êtes mis en examen. Clac !

Aussitôt les bracelets en acier se refermèrent sur mes grosses ossatures.

Ma situation n'était pas celle d'un revendeur de shit ou d'autoradios. Tout avait été prévu pour que je m'allonge avec douceur. Ils croyaient que j'allais jouer de la balançoire mais ils fabulaient. Les coups de Bottin ou uppercuts dans le buffet n'étaient pas au programme.

Le commandant de police braquait son minois aux yeux verts sur moi. Cela m'émoustillait et je préférai cela à la lampe dans la tronche. La belle fliquette me mit direct au parfum.

J'étais soupçonné du meurtre de Guillaume Lamy, de l'enlèvement de Gwladys et aussi de trafics en tous genres à définir ultérieurement. Et pour couronner le tout d'appartenir à un réseau de passeurs de sans larfeuilles dirigé par Camille Lettellier.

- Vous réfutez tous les faits graves qui vous sont reprochés ?

- Exactement.

- Ce n'est pas dans votre intérêt.

- Mais je suis innocent. D'ailleurs je voudrais appeler mon greffier ?

- Qui ?

- Mon avocat si vous voulez mieux ?

- Je vous ai déjà expliqué que vous êtes en garde à vue et que cela peut durer plus de 48 heures sans voir un avocat. Voir plus.

- Je peux voir un doc quand même ? Il me faut ma molécule contre les crises de blues. Car du moral, je crois qu'il va m'en falloir.

Victoire Augé ne broncha pas et décrocha son bigophone.

Je me sentais épier bien qu'aucune glace teintée n'était visible dans le burlingue. Mon sixième sens me trahissait rarement. Le commissaire Philippe Bouvard prit la relève de sa suppléante. Le duo était drolatique mais implacable. Bouvard était le méchant et Augé la rabibocheuse d'états d'âme, la charmeuse et la douceur même.

Le diplômé en *hippocratisme* semblait visiblement peu inquiet du sort d'un éventuel égrotant. Au lieu de répondre aux questions du commissaire, je m'exprimai sans détour et mis mon appréhension sur la table.

- On veut me laisser crever ou quoi ! Je veux un toubib. Je resterai muet définitivement tant que je n'aurais pas senti un stéthoscope sur mon poitrail !

Le patron du commissariat le prit très mal et m'enchrista comme un vulgaire animal de foire. Préalablement, on me retira mes pompes dont l'odeur aurait pu me tenir compagnie et la médaille de la Sainte Vierge dont je ne me départissais jamais.

Remarquez j'aurais pu me pendre avec la chaînette qui l'accompagnait !

Le loquedu qui se pointa avec une sacoche en cuir, avait tout du médecin de famille en province. Petit, le crâne lisse et brillant, il ressemblait à une ampoule.

Trouillard, il me demanda ce que je voulais :

- Une pizza et une part de tarte tatin ?

- Vous vous moquez de moi !

- J'ai besoin de deux cachetons de mon antidépresseur sinon je vais devenir agressif et surtout mélancolique.

- Vous êtes donc dépressif !

- Pas vraiment. J'ai des envies de jouer aux chevaux et cela me travaille le ciboulot. Je calcule toutes les combinaisons possibles pour gagner.

- Vous êtes sujet à des troubles d'anxiété campa le doc sur ses positions.

- Si vous vous voulez…

- Dans le cas présent, je vais vous prescrire une molécule qui va vous permettre d'apaiser vos tourments dans la situation présente.

De son sac à malice, il sortit deux comprimés de Xanax mais je n'eus droit ni au tensiomètre, ni au stéthoscope. J'étais certain qu'il était trop fier pour me les montrer. J'imaginais sans difficulté le gnome fétichiste astiquer ses instruments avec tout l'amour qu'il leur portait.

- Je ne veux pas d'anxiolytiques pestais-je.

- C'est cela ou rien. Vous avez besoin de faire le point sur votre situation avec sérénité. De plus, je ne connais pas votre dossier médical.

- C'est pour ça que vous pourriez prendre ma tension ou écouter mon palpitant.

- Cela n'est pas nécessaire puisque je constate que vous êtes enclin à subir un interrogatoire.

- Par contre, cela n'a rien à voir, mais pour la tension, le chiffre le plus important, c'est lequel ?

Je ne sais pas pourquoi mais il ne répondit pas et tourna aussitôt ses arpions.

Le petit farfadet disparut vite qu'il était apparu et je me retrouvai seul avec moi-même. Un bleu referma la grille de la cage derrière lui.

Dans ce coinstrot, j'étais complètement à l'envers même dans ma tête. J'avais quitté une cage pour une autre. Celle-ci était pour tout dire un repère de cafards qui devaient s'en mettre plein derrière la cravetouze, tellement s'était cradingue. Des morceaux de sandwichs et de viande pullulaient sur le sol.

Après la méthode douce, les lardus employaient maintenant la torture psychologique. J'étais le rat qui cavalait dans sa roue pour atteindre le néant. Si je voulais que cela cesse, je n'avais plus qu'à gerber la vérité. Après plusieurs heures de réflexion, je pigeai que j'aurais dû accepter les cachetons du toubib. La violence qui me drapait, envahissait mon bide. Pour me calmer, je soufflai un max de gaz carbonique.

Pour tout dire, je commençais à flipper sévère. Je savais que je pouvais me passer de mes médocs quelques jours avant que ma boîte à selle n'éclate. Pourtant l'ultimatum semblait raccourci avant que je n'assaisonne des coups de latte au premier tocard qui viendrait me casser les roupettes.

En fait, depuis le début de mes blèmes d'assuétude aux jeux comme l'on disait dans le milieu des blouses blanches, je n'avais jamais touché le moindre cheval, cheveu pardon, de quiconque, en état de manque. Je ne m'étais jamais transformé en Hulk, être verdâtre nucléairement modifié qui destroy tout sur son passage. Généralement, les larmes de fond se tarissaient au fur et à mesure des minutes et des heures.

Le premier indice de mon trouillomètre intérieur à zéro se traduisait par des perles de sueur agglutinées sur mon front. Elles étaient le sel de mon appréhension. D'habitude, pendant mes crises, rien n'était perceptible dans mon attitude.

Aujourd'hui, dans ces quelques mètres carrés, carrément clos, j'avais les cannes qui tremblaient et le regard lointain.

- Je parie que ta mendrineuse est prête à baver de tout son saoul ricana le commissaire Bouvard derrière la grille.

En guise de réponse, j'inclinai ma boule tel un pénitent lors de sa confession.

Une blatte fila devant moi. Elle tenait un bout de graille. Ma main-courante la rata de peu. Qu'est-ce qui me prenait ? Pourquoi voulais-je rectifier cet insecte ?

Philippe Bouvard m'empêcha de méditer là-dessus. Il ouvrit la cage et me fit signe de le suivre en faisant teinter les caroubles avec sa main.

Quand j'entrai dans le burlingue, aussitôt, je reconnus la touffe rouquine de Jocelyne Norton. Elle tripotait son téléphone portable.

Un repose cul était disposé à côté d'elle où l'on me proposa gentiment de me poser. Philippe Bouvard prit place derrière son bureau en acajou et arbora un sourire à la con. Il était supplée par une dactylographe derrière une bécane.

- Je suppose que vous reconnaissez cette agréable personne, monsieur Montgibaud.

- Évidemment, c'est Jocelyne Norton. Son fils Franck Nelson m'a écrit pour que je l'aide à prouver son innocence. Alors je me suis permis d'aller rencontrer madame Norton pour lui en faire part.

- A quand même vous avouez ? Notez bien Eva s'il vous plaît !

- J'avoue la vérité !

- Mais, caqueta la mère Norton, veuve du regretté Riton, vous ne m'avez pas dit que vous vous étiez fait embaucher dans l'entreprise de mon…défunt mari.

Elle chialait comme une gamine qui s'était fait plaquer et qui avait un polichinelle dans le tiroir !

- Je voulais vous le dire mais c'est Ryan qui s'y est opposé.

- Menteur, Ryan est un garçon très bien.

- Mais cela n'empêche rien ! ajoutai-je.

- J'ai eu un coup de fil du pseudo avocat de mon fils Franck, Maître Gilbert Gorce qui m'a affirmé qu'il avait toutes les preuves pour foutre ma sœur en taule et qu'elle était présumée coupable du meurtre de mon…défunt mari.

La mère Norton recommença à couiner en se mouchant. La dactylo stoppa sa frappe.

- C'est moi qui l'ai mandaté pour remettre Franck en liberté dis-je. Mais j'étais dans l'erreur. Pas concernant l'innocence de votre fils Franck mais concernant la culpabilité de Gwladys Bouvier votre sœur. Elle est blanche comme neige. Elle a été la maîtresse de votre mari, j'en suis navré mais c'est la vérité.

- Bon, d'accord, nous savons déjà tout cela ! trancha Bouvard, irrité par nos échanges personnels et parce qu'il ne contrôlait plus l'interrogatoire. Mais où est Gwladys Bouvier ?

- Je l'ignore répondis-je angéliquement.

- Moi aussi ! répliqua timidement Jocelyne Norton. Depuis que monsieur Montgibaud est venu chez moi pas de nouvelles de ma sœur…jusqu'à tout à l'heure !

- Comment ça ? éructa le commissaire.

- Elle vient de m'envoyer un texto.

- Qui dit quoi ? explosa le flicard.

- SUIS CHEZ RYAN ! AU SECOURS !

La secrétaire redoubla de professionnalisme et tenta de tout pianoter sur l'ordinateur sans perdre une réplique.

- Et vous me le dites que maintenant ! Je n'y crois pas !

Pour un dimanche, vous ne m'épargniez rien du tout. Et il habite où ce gentil gamin ? ironisa Bouvard en prenant la voix de l'excellent et regretté Jacques Martin lors de *L'école des fans*.

- 3, rue de la Clairette

- Ca ne s'invente pas ! ironisa le shérif Philippe Bouvard

Sans attendre, il décrocha son grelot et bombarda de questions le gardien de la paix à l'accueil sur la rue de la Clairette.

- Aucun appel de femme battue ou un truc dans le genre ?

- Non, mais je vais vérifier sur les journées précédentes dit la voix du flic dans l'ampli.

Jocelyne Norton avait la tête rentrée dans les épaules comme une élève qui ne connaissait pas sa leçon.

- Si effectivement, nous avons reçu hier soir, un appel pour tapage nocturne. Il est resté sans suites parce que nous étions en manque d'effectifs.

- Merci. Vic, s'il vous plaît ? gueula-t-il.

Le commandant de police rappliqua aussitôt. Toujours aussi fraîche, elle embauma la pièce avec un zeste de *Amor*, parfum dont j'avais déjà offert un exemplaire à Sarah.

- Mademoiselle Augié, je vous demande de réunir plusieurs de vos hommes pour une opération. Contactez le Procureur de la République pour obtenir une commission rogatoire, au cas où l'asticot refuserait de nous inviter gentiment chez lui. Expliquez au Proc en détail l'affaire. Il n'en connaît qu'un morceau. Merci.

Philippe Bouvard se tourna vers ma gamelle et me dit :

- Mon cher monsieur Marc Mongtibaud, pour le moment, c'est direction la cage. Désolé mais je n'ai pas le choix.

À cet instant, j'aurais bien tout bousillé autour de moi mais je pensai à Simon. Plus tôt, je reverrais sa bouille, plus tôt je me remettrais de cette histoire.

Derrière la grille de la minuscule cellule, je torréfiais mes pensées dans ma cafetière et les conclusions n'étaient pas épatantes. Je ne lisais pas dans le marc de café !

Dans ce cachot, je me transformai en fauve. D'abord, mon odeur aurait dû alerter l'assistance ! A force de subir des cuisinages, même cordiaux, mes glandes sudoripares s'en donnaient à leur aise. On ne pouvait me traiter de porc puisque les gorets en sont dépourvus. S'ils se régalent à se rouler dans la bouillasse, c'est uniquement pour se rafraîchir et pour non pour faire les têtes de lard.

Même si cet endroit exigu commençait à m'être familier, les relents d'urine et de moisi me répulsaient. Ils s'imprégnaient dans mon survêtement et surtout dans ma mémoire olfactive.

Un schmitt conduisit un poivrot dans une cellule attenante à la mienne. J'en profitai pour l'interpeller.

- J'ai envie de pisser, monsieur l'agent de police ! Ce serait possible, s'il vous plaît !
- Retiens-toi ! Je ne prends aucun risque avec toi ! Si tu as trop envie, urine dans la cabine !
- Une cabine, tu parles ! On n'est pas dans un peep-show ! bredouillai-je de rage.

J'avais envie de vider l'eau des olives et de becter un brin. Même un jambon allégé couleur rose pisseux et sans couenne, enrubanné dans une baguette industrielle dure comme de l'asphalte m'aurait comblé.

Nacash ! Je devais écouter ma boîte à ragoût, faire glouglou sans broncher.

Le soulard de l'autre côté de la cloison vociférait des insultes à l'encontre de la maréchaussée, que je vous épargnerai chers lecteurs. Les simples mots *Mort aux Vaches*, étaient plus que périmés aujourd'hui. Ce boit-sans-soif devait en avoir dans le cigare ou alors c'était un poète. Toutes ses invectives étaient ciselées comme des flèches empoisonnées qui lorsqu'elles atteignaient leurs cibles, agissaient lentement jusqu'à les rendre dingues.

Un alcoolo qui n'arrive pas à pioncer, il n'y a rien de plus malaisé. Pendant des heures, il vous saoule de rengaines frelatées et il crachouille comme un 33 tours usé jusqu'au dernier sillon. Le picolo sulfate sa prose à petits doses. S'arrête. Puis lorsque le silence semble prendre la relève et que vous commencez à piquer du tarin, c'est reparti comme en 40 !

Malgré les coups de battoirs dans le mur en proie à l'humidité et la lèpre, rien n'y fait. Ça l'excite plutôt !

Puis vient enfin, l'instant de grâce quand nos châssis se ferment et que Morphée fait son job. Vous voguez alors vers une destination inconnue mais apaisante.

L'atterrissage fut plus fastidieux. Un cliquetis de serrure précéda ce que l'on appelle le *réveil*. Un flic me secoua comme un *Orangina* en guise de retour sur le plancher des vaches. Pas de mamoures, ni de poutous-poutons ! Les yeux mi-clos, je cherchai le plateau du petit déj', avec un jus d'agrume, un café fumant et les petits pains suédois qui languissaient d'être beurrés ou confiturés selon mon choix. Que dalle ! Le keuf n'avait même pas une rose pour me souhaiter une bonne journée mais par contre son haleine sentait la marguerita !

- Le patron t'attend ! me dit-il.

La tronche dans le pâté, la calvitie toujours naissante, je le suivis. Seul, mon survêtement sauvait mon honneur : il n'était pas fripé.

Je m'apprêtais à entrer dans le burlingue de Bouvard quand je vis gicler du bout de mes rétines, une citrouille qui m'était connue. C'était Gilbert Gorce. La surprise fut totale. Comment allait-il être luné ? C'était toute la question.

Une alléchante odeur de croissant qui naviguait dans les lieux m'empêcha d'avoir les framboises. Mon buffet faisait des bruits de tuyauterie incontrôlables.

- Bonjour, monsieur Marc Montgibaud. Allez-y, servez-vous, je vous en prie ! me dit-il en me tendant un sachet chaud. Je ne me fis pas prier. A l'intérieur, les viennoiseries beurrées qui s'y trouvaient, ne risquaient pas de me glisser des pognes.

Pour ne pas paraître glouton, je décapitai en plusieurs morceaux les croissants avec toute la déontologie de la graille et du savoir-vivre.

La présence de Maître Gorce m'obligeait à rester civilisé. Il me scannait du regard. A un moment, il me dit :

- Je vous ai aussi amené un thermos de café, préparé par ma secrétaire me précisa-t-il en me faisant un clin d'œil. Je suis votre avocat. On m'a permis de venir vous rencontrer. Dites la vérité, je crois que ce sera votre seule défense valable. Elle sera même sans faille.

Philippe Bouvard rappliqua sa truffe.

- Messieurs, l'entrevue est terminée. Monsieur Montgibaud Marc, veuillez me suivre, s'il vous plaît ? Déjà que ce n'est pas très réglo. Le ton était solennel et sans appel.

D'un revers de manche, je décrapouillai mes lèvres barbouillées de beurre. De ce fait, mes mimines furent super collantes et là pas de solution. De plus, je n'avais toujours pas vidé mon zeppelin et ma vessie semblait remplie à l'hélium.

- Je suis prêt pour toutes vos questions mais il faut que j'emprunte vos sanitaires ?

- Une ultime feinte pour tenter un coup tordu ?

- Je vous ai dit que je souhaitais emprunter vos toilettes, nullement de vous les voler ! J'attends depuis hier soir. Et puis, si vous me privez de faire pleurer la petite sœur et bien il y aura certainement des fuites mais pas celles que vous attendez, commissaire ?

- C'est à gauche en sortant. Je vous donne deux minutes pas une de plus.

Bouvard me suivit à la trace mais me laissa fermer la lourde.

La chance était avec moi. Il y avait un petit lavabo dans les chiottes. Je pus me nettoyer les pognes et me soulager évidemment.

Maintenant, je voguais en plein soulagement !

Après cet intermède pour cause naturelle, je fus mené dans un bureau inconnu. qui sentait la poussière et dont le chauffage était en grève.

A mon arrivée, Gwladys était tournée vers moi. Elle était livide comme un étron de laitier et surtout stoïque. Eva était postée derrière son clavier.

Pour mettre un peu de pression, Philippe Bouvard claqua la porte derrière lui. Gwladys sursauta sur son mignon petit derche. Je pris place à côté d'elle sur une vulgaire chaise pliante.

Quand le commissaire se collequetta dans un siège en cuir véritable cradoque derrière son bureau, il passa direct aux réjouissances.

- Monsieur Montgibaud Marc, avez-vous déjà rencontré cette délicieuse personne qui se prénomme Gwladys Bouvier ?

- Oui.

- Menteur ! Fouille-merde !

- Bouclez-la ! ordonna Bouvard. Il semblait ratatiner par tous ses interrogatoires successifs. Ah, le travail à la chaîne, c'était plus qu'impitoyable !

Eva, nous reprenons à fouille merde. Allez y monsieur !

- La première fois que nous nous sommes croisés, ce fut lorsque je me rendis chez sa fraline Jocelyne Norton pour l'informer que son fils Franck Nelson m'avait mandaté pour enquêter sur le meurtre de son beau-père parce qu'il se disait innocent.

La seconde fois, ce fut….C'est délicat !

- Pas de chichis, j'en ai déjà entendu d'autres !

- Lors d'une soirée, j'ai pu apprécier ses formes généreuses alors qu'elle s'adonnait à un strip tease.

- Une soirée organisée par qui ? Des noms, je veux des noms, Montgibaud ! ordonna Bouvard.

Mon expérience de la vie m'avait appris que *donner quelqu'un*, était particulièrement proscrit et mortifère surtout dans le Milieu. Au lieu de donner, je me suis prêté à mon jeu préféré : jouer les naïfs.

- C'était Guillaume Lamy qui me traînait dans toutes ces bringues alors… En plus, on s'en mettait plein le gosier.

- Pendant une semaine, vous voulez me faire croire que vous faisiez la noce tous les soirs.

- Presque.

- C'est pour cela que vous l'avez troué. Parce qu'il vous crevait la santé !

- Très fin, monsieur le commissaire divisionnaire. Vous êtes prêts pour le concours de contrôleur général.

- Mais vous me dégoûtez, bande de goujats ! s'esclaffa rageusement Gwladys. L'avenir de Franck, vous n'en avez rien à foutre. J'étais avec Franck Nelson, le soir du meurtre de son beau-père. Nous sommes amants depuis un an.

C'est vrai, monsieur Montgibaud a pu me voir dans une soirée parce que je fais des strip-teases. Mon taf de prof de gym ne me suffit pas pour vivre.

L'aveu de Gwladys sidéra Bouvard. Il resta hébéter à gober les mouches pendant quelques instants.

- Vous n'êtes peut-être pas de vraies frangines mais pour les conneries, vous pouvez vous serrer la main gaffa-t-il. Merde ! Éructa-t-il de manque de finesse.

- Pas la peine de m'épargner signala Gwladys. Je sais que je suis une fille adoptée. C'est Riton qui me l'a révélé. En me tapant le julot de Jocelyne, j'étais quitte avec toute la famille Bouvier. Une belle paire de parvenus.

Je peux en griller une, s'il vous plaît ?

- Allez-y l'autorisa Bouvard.

Gwladys Bouvier sortit alors un paquet de cibiches et en alluma une en tremblant.

Depuis le début de l'interrogatoire, c'était la première fois que je la dévisageais. Elle n'était pas belle mais derrière son maquillage de Cocotte-minute, une fragilité pareille à de la faïence émanait de sa gestuelle. Elle avait plusieurs centaines heures de vols et toutes les crèmes de jour comme de nuit ne pouvaient atténuer l'ouvrage du temps.

Elle portait une jupette ras le barbu ainsi qu'un tee-shirt rose fluo qui avait rétréci au lavage et laissait entrevoir son nombril.

Son accoutrement était parfaitement en adéquation avec la période hivernale. Elle jouait à la Madonna, période *Like A Virgin* alors qu'elle avait la cinquantaine. Jocelyne Norton n'était peut-être pas sa frangine pourtant elles avaient en commun les mêmes mimiques.

- Mais revenons à nos moutons s'impatienta Philippe Bouvard. Pourquoi ne pas m'avoir dit d'entrée de jeu que vous étiez avec Franck Nelson le soir du meurtre ?

- Mais il n'y a que cela qui vous intéresse ?

- Bien sûr et vous êtes là pour cela. Vous êtes dans un commissariat ici. Bon sang de bonsoir ! s'énerva tout rouge Bouvard.

- Ma sœur Joce me prend pour une conne depuis des lustres ! reprit Gwladys. Je ne me suis jamais rebellée contre elle puisque je m'envoyais son mec.

- Ça, vous l'avez déjà dit ! s'irrita le bleu de Nanterre.

- Bon, si vous m'interrompez toutes les deux secondes, je la boucle. Je n'ai rien à me reprocher dans cette histoire.

- Continuez alors !

- Quand Riton m'a appris que j'étais adoptée, je suis tombée amoureuse de lui. Je l'ai supplié de quitter sa femme mais en vain. Riton était un cavaleur. Il ne pouvait s'empêcher de draguer tout ce qui ressemblait à une femme. Il avait cela dans le sang. Pourtant son physique n'était pas top mais il vous attirait avec son bagout et la délicatesse qu'il mettait à vous draguer. En plus c'était un amant unique.

En ce qui concerne Franck, nous sommes donc ensemble depuis un an. Nous nous voyions en cachette. Il ne fallait pas que ma sœur le sache ainsi que Ryan. Donc c'était une relation difficile. Il a voulu m'épargner car il voulait éviter un nouveau scandale dans la famille.

Le soir de l'assassinat de Henry Norton, nous étions dans un hôtel 3 étoiles en région parisienne. J'ai gardé les tickets de cartes bancaires et les photos que nous avons faites dans une pizzeria. Je suis une sentimentale.

Eva, la dactylo qui prenait la déposition me bluffa par son professionnalisme et sa capacité à se rendre invisible.

Le commissaire Philippe Bouvard semblait repu comme après un repas copieux.

- Et concernant Ryan ?

- Nous avons toujours eu des relations bizarres. Il est très introverti. Lors des réunions de famille, nous avions très de choses à nous dire.

Et puis un soir, nous nous sommes retrouvés isolés des autres, et il s'est confié à moi. De ce fait, entre nous, une histoire est née. Cela a duré un mois.

Il m'a expliqué les répulsions que lui inspirait son père. Il me disait que sa mère lui manquait. Il m'a avoué qu'il tenait un journal intime.

Dans mon for intérieur, je me fis la remarque de savoir si Gwladys s'était envoyée toute la famille, y compris le chat !

- Auriez-vous pensé que Ryan aurait été capable de dézinguer son pater ? demanda Bouvard.

- Pendant notre relation, non. Avec lui, je jouais les infirmières et la mère de substitution. Mais après notre rupture, je le trouvai aigri et fuyant. Il avait trompé sa compagne Kyoko et cela le travaillait. Il en rageait même. Sa conscience faisait des nœuds.

- Commente expliquez-vous son revirement de comportement la nuit de vendredi soir.

- Je l'ignore. Il était comme fou. Si je croyais en la sorcellerie, je dirais qu'il était ensorcelé.

Je devais faire une prestation lors d'une fête dans un château de Sologne et il m'est tombé dessus juste avant que je ne monte sur scène et il m'a contrainte à le suivre. Ryan m'avait tellement serré *l'après bras* que j'aie encore la trace.

Le terme *après bras* nous fit sourire sous cape.

Sensuellement, la fausse rouquine retroussa la manche courte de son fringue jusqu'en haut de son épaule. Là, un scorpion tatoué dominait son deltoïde et une ecchymose était visible sur le dessus.

- Jamais, je ne l'avais vu aussi agité et soucieux confia Gwladys. Il m'a forcé à entrer dans sa bagnole et m'a emmené chez lui. Sa concubine Kyoko était dans l'appart' mais elle n'a pas moufté. Elle a certainement voulu se venger. Elle tenait la maîtresse de Ryan et n'allait pas se priver. En plus, c'est un femme soumise.

Ryan m'a enfermé dans une pièce, genre chambre d'amis. J'ai cogné, tapé et hurlé comme une furie. Mais hélas sans résultat.

Kyoko m'a administré deux paires de baffes avec une froideur à vous faire dessus. Pour me calmer, Ryan me proposa de prendre le thé. J'ai accepté. Il m'a dit que son amie d'origine japonaise faisait du thé de différents goûts. Je les ai crus et je me suis retrouvé sous l'emprise d'une tasse empoisonnée. L'effet fut long à agir, peut-être parce que je prends des somnifères tous les soirs.

Pendant mon demi-sommeil, Ryan sortit une boîte à chaussures pleine de lettres enflammées que Riton et moi nous étions envoyés.

Ryan voulait savoir pourquoi je m'étais tapé son ordure de vieux. Ces questions n'en finissaient pas. Avant que je m'endorme, je crois qu'il m'a avoué avoir flingué Henry Norton, son père.

A mon réveil, la situation fut différente. Ryan m'expliqua qu'il avait un paquet de fric de côté et qu'il comptait me les donner pour que je quitte la ville à tout jamais. Il n'en n'a pas eu le temps puisque vous êtes arrivés à temps.

- Je crois que cela suffira pour notre enquête trancha le commissaire en zieutant la dactylo.

Philippe Bouvard raccompagna Gwladys Bouvier.

Aussi, je me retrouvai en compagnie d'Eva. Elle tapotait nerveusement avec ses ongles californiens, de trois mètres de long et vernis, sur son bureau en métal froid.

A un moment, elle sortit un chewing-gum comme par magie. En évitant mon regard, elle déchira prestement l'enveloppe d'alu, puis plia en trois la gomme rose, infesté de colorants qui auraient rebuté n'importe quel ruminant normalement constitué ! En une pichenette, elle se l'envoya en plein mangeoire.

Eva n'était pas un top-modèle, loin s'en fallait. Elle était en surcharge pondérale comme moi et ses fringues fournies par la République ne la mettaient pas à son avantage. Mais sa bonne bouille vous mettait en confiance. Le parfum de son chewing-gum était à la fraise. Il venait d'atteindre les captures de mon nez. Pas des fraises des bois, ni d'Espagne, mais 100 % industriel !

Derrière la lourde entrebâillée, des bribes de voix se rapprochaient. J'allais demander un coup de flotte à Eva quand son boss refit surface avec un invité surprise : Ryan Norton. Celui-ci avait les pinces à chaque poignet. Bouvard le crocheta à sa chaise. Dans sa paluche libre, Ryan tenait un cahier d'écolier. Lui et moi étions côte à côte face à Bouvard.

Après lui avoir décliné tout son pedigree, le commissaire divisionnaire attaqua avec ses questions récurrentes.

- Connaissez-vous cet individu, monsieur Ryan Norton ? dit-il en me désignant.

- Évidemment. Il s'agit de monsieur Marc Montgibaud. Nous nous sommes rencontrés pour la première fois le lendemain du cambriolage de l'entreprise Norton. Guillaume Lamy l'avait pris à l'essai. Lamy était responsable de la société jusqu'au procès du meurtrier de mon père. Je jure ne l'avoir jamais vu avant. Nous avions toutefois un ami commun, Xavier Charbonnier, sans le savoir.

- Et la seconde fois ?

- Euh, c'était la nuit de vendredi. Nous devions nous rendre dans un château en Sologne avec Camille Lettellier, un propriétaire de café-PMU avec lequel mon père était très lié.

- Je crois que Lettellier, ne fait pas que dans le café-PMU. Il fait aussi dans les clandestins, les machines à sous et les jeux illégaux d'argent entre autres précisa Philippe Bouvard.

- Je l'ignore mentit Ryan. Je sais juste que Camille fêtait la sortie de taule de son frangin Jacky. Il me l'a dit franco lors de son invitation.

- J'aurais voulu en savoir plus sur le bonhomme tiqua le commissaire.

- Je ne le connais pas plus que cela. C'était une relation de mon père.

- Vous voulez me faire croire que vous ignoriez toutes ses activités illégales et qu'il vous invite parce qu'il a un cœur gros comme cela !

- Oui, pourquoi pas ?

- Non parce qu'avec toutes vos compétences informatiques, vous auriez pu constituer un excellent capital pour toutes ses combines.

- Désolé, je ne mange pas de ce pain-là !

- Pas d'importance, nous avons tout notre temps. Mais revenons à Guillaume Lamy. Vous m'avez avoué cette nuit dans la voiture que vous étiez aussi le meurtrier de Lamy. Pourquoi ce dernier ?

- Il m'a gonflé dans la limousine qui nous menait en Sologne. Il était saoul comme un cochon et disait n'importe quoi. Nous étions cinq. Il y avait monsieur Montgibaud, Camille, un ricain inconnu au bataillon, Lamy et moi. Plus le chauffeur.

- Vous étiez armé ?

- Non…Oui..Enfin, je ne sais plus.

Ce pauvre Ryan tentait de se débattre dans les marécages de ses carabistouilles.

Et comme chacun sait, plus on gigote et plus on s'enfonce…

J'aurais voulu avoir des gonades au cul pour gueuler : *Tout est faux. Camille Lettellier est le coupable.* Mais je mis la vérité en veilleuse.

Je savais que balancer la grosse baleine, aurait été trop grave pour ma famille et moi-même. Nous serions devenus des cibles de fête foraine mouvantes.

- Et vous, monsieur Montgibaud ? Avez-vous des souvenirs ?

- Non, j'étais trop fatigué ! Je me suis assoupi. Quand j'ai ouvert les mirettes, Lamy avait un souvenir éternel aux commissures des babines et un point rouge au front, genre bouddhiste.

- Je suppose que c'est pour cela que monsieur Montgibaud tenta de se faire la malle pipota piteusement Ryan tentant d'endormir ce vieux brisquard qu'était Bouvard.

Monsieur   Montgibaud   pensa certainement que son heure était venue et il attendit une occase pour filer. Celle de l'étouffement du Ricain fut parfaite.

- Alors monsieur Montgibaud ?

- Ouais. Il me restait quelques forces alors j'ai foncé. Mais vous m'avez rattrapé avec le chauffeur, et après je suis tombé

dans les pommes sous vos *caresses* !
rajoutai-je.

- Si vous voulez mon avis, vous devriez
faire des examens médicaux. Je connais
un bon toubib, je vous donnerai l'adresse
me lança Bouvard. Avoir des vertiges
comme cela, c'est inquiétant.

- Ensuite, nous l'avons attaché fortement
à un arbre et Camille est venu lui dire un
petit bonsoir continua Ryan.

Dites donc tous les deux, vous ne vous
fouteriez pas de ma fiole, des fois ?
D'abord, le calibre de la balle retrouvé
dans le crâne de Henry Norton, est
différent de celle de Guillaume Lamy. De
plus, Camille Lettellier n'a jamais déclaré
de port d'armes.

Aïe, aïe, la situation se durcissait. Comme
je l'avais prédit, Ryan n'était point un
pur-sang mais un bourricot chargé de
bagages mais sans aucune expérience de
la vie et surtout du Milieu. Il gigotait sur
sa cadière et se trifouillait le pif. Sans être
expert en maniaqueries, il s'enfonçait.
Pas le doigt dans le nez. Non, il
s'enfonçait dans le mensonge ! En clair,
pour moi, ancien turfiste, il était clair
qu'il n'allait pas atteindre le poteau
d'arrivée.

- Je suis là pour le meurtre de mon père
Henry Norton que j'ai assassiné le 25 juin

2004. Il est impératif de libérer Franck Nelson, mon frère. Il est innocent.

J'ai flingué mon vieux parce qu'il n'était qu'une ordure. C'est à cause de lui que ma mère est décédée. Il a toujours été un coureur de jupons et ce jour-là, il s'envoyait l'une de nos domestiques.

Maman…

Ce mot se suspendit au bord de la bouche de Ryan et y resta un moment en équilibre. En même temps, il pressait le cahier d'écolier contre lui. Philippe Bouvard fermait les paupières comme pour tout ausculter plus profondément en lui.

- Ce jour-là, maman, handicapée moteur, prenait un bain de soleil près de la piscine. Quand un problème mécanique survint et qu'elle glissa vers le bassin et finit par s'y noyer. D'après le médecin légiste, il s'agissait d'une noyade *banale.* Une enquête fut menée mais aucune trace d'acte malveillant ne fut détecté. je n'ai connu la vérité que le jour des obsèques de ma mère. Paquita, la femme qui était dans le lit avec mon père, le jour du drame, se confessa auprès de moi. Elle et mon vieux avait entendu les cris de ma mère mais mon géniteur préféra continuer son affaire. Paquita n'avait insisté de crainte de perdre son emploi.

Depuis ce jour macabre, je tiens un journal intime. Je note tous les dégoûts et toutes les rancœurs qui m'assaillent. C'est une soupape. Si je ne prends pas le stylo, des idées macabres m'envahissent et me turlupinent.

Je vais vous lire juste le premier jour de mon journal, le jour de l'enterrement de ma regrettée mère.

Ça y était, nous partions dans le mélo. Bordel, vu l'épaisseur du cahier à spirale, j'espérais que l'inspiration ne lui soufflerait pas de lire l'intégrale de ses œuvres. Son écriture était fine et ne dépassait à peine la hauteur d'un petit carreau :

Depuis ce jour, lundi 8 août 1983, jour des obsèques de maman, je jure que je ferai tout pour qu'éclate la vérité. Quelle que soit l'issue de ma démarche, j'irai jusqu'au bout. La justice ne me fait pas peur. Maman était une bonne mère et une compagne modèle. Mais tu n'as rien compris ! Toi, le dragueur invétéré et alcoolique. Je vais prendre sur moi pour ne pas te haïr trop.

Tu pouvais bien pleurer comme un veuf malheureux aux funérailles et tromper ton monde. Sauf moi.

Je jure sur la tête de maman de te régler ton compte quand le moment sera venu.

Je ne suis qu'un gamin mais j'aurais pourtant ta peau.

Ryan

Quand Ryan eut terminé son récit, il releva la caboche et nous dit :

- A treize ans, j'ai dévoré tout ce qui était dispo sur l'informatique et les ordinateurs. C'était l'Âge d'Or à cette époque. Avec le temps, je suis devenu un as dans ce domaine ; j'y consacrais mes études et mes nuits.

Avec le temps, j'ai décidé de monter une association pour initier d'autres personnes à cette nouvelle technologie.

Avec l'âge, sans arrêt, il me fallait de nouveaux défis. J'en suis arrivé à tenter de créer une boîte parallèlement à mon emploi d'ingénieur.

Mais lorsque j'ai rectifié mon connard de père, et que Franck a été mis en cabane à ma place, je n'ai pas su gérer psychologiquement la situation.

- Le fait que monsieur Montgibaud est tenté de prouver l'innocence de Franck Nelson, à la demande de ce dernier, ne vous a-t-elle pas mis encore plus la pression ?

- Oui et non puisque c'est moi qui avait installé le système de surveillance électronique de l'entreprise Norton. Personne ne pouvait échapper à mon œil inquisiteur. En plus, c'était le seul lieu où mon père aurait pu déposer des documents compromettants.

A son domicile, c'était impossible puisque comme il était infidèle, il se débrouillait pour ne rien laisser traîner derrière lui.

- Avec quelle arme avez-vous tué votre père ? l'interrogea Philippe Bouvard.

- Un Beretta M 90, 7,65 millimètres. J'ai tout commandé sur Internet sous une fausse identité. Une formalité pour moi.

- C'est exact confirma le commissaire.

- Je l'ai attendu à la sortie de *Chez Camille* et l'ai plombé de deux balles en pleine tête.

Ce crime n'était pas fait pour hériter plus vite mais juste un geste de désespoir.

J'ai tout écrit dans mon journal donc voici l'extrait :

Je viens de t'éliminer. Une partie de mon âme est sereine, l'autre embrouillée. Était-ce la solution ? Pour moi, évidemment oui. Maman n'aurait pas approuvé.

Depuis plusieurs années, je ne cauchemardais que de cela. Une obsession. Trouver le moment idéal…Enfin, s'il existe.

Avoir le cran de se faire condamner à perpète, il faut le faire. J'y suis prêt.

Tu ne nuiras plus à personne. Terminé les femmes de passages dont tu méprisais l'âme mais dont tu désirais le corps juste pour les faire couiner sur une nappe d'une table de cuisine.

Je pense avoir vengé plus d'une de tes pauvres victimes.

Je suis un fils maudit.

Ryan.

- Pourquoi avoir enlevé Gwladys Bouvier ? Elle n'était pas compromettante pour vous ? Vous la teniez avec les courriers adressés à votre père ?

- C'est vrai mais elle était trop encombrante parce qu'elle avait flirté avec mon père, mon frère et moi. Cette salope avait empoisonné notre famille et surtout moi. Je ne voulais pas la tuer mais juste l'effrayer et l'éloigner de nous.

J'avais fait quelques économies en réparant des bécanes défectueuses ou en installant des logiciels au black. Je m'apprêtais à lui donner un paquet de fric pour qu'elle quitte le département.

Monsieur Montgibaud m'a simplifié la tâche en dénichant la boîte à chaussures. J'aurais pu faire chanter Gwladys pendant des années mais je ne pouvais plus la voir en peinture.

- D'accord ! acquiesça le lardu. Mais je ne comprends toujours pas pourquoi vous avez refroidi Guillaume Lamy ? Il ne vous gênait pas.

Ryan ne répondit pas et plongea son blair dans le cahier d'écolier.

- Foutez-vous à table, nom de Dieu ! Cela s'adresse aussi à vous, Montgibaud ! A table, je vous dis, j'ai faim !

Ryan octempéra aussitôt et joua à la balançoire.

- C'est Camille Lettellier, qui est l'auteur du meurtre. Il pensait que Guillaume Lamy avait trop bavé et ouvert son clapet. Il craignait d'autres fuites.

Après avoir mené Gwladys de force dans une voiture de location, et fichu le macchabée de Lamy dans le coffre, le chauffeur Alfred et moi partirent en direction de chez monsieur Montgibaud. Nous avions les doubles de ses caroubles d'appart et tout se déroula comme prévu. Nous avons placé le défunt sur un fauteuil et laissé la porte d'entrée entrebâillée et personne ne nous a dérangé.

En vous disant cela, vous savez que je suis mort.

- Mais non. Je pourchasse Lettellier depuis une décennie et je voudrais le foutre en taule avant de prendre ma retraite. Je ne vais pas vous compromettre. Disons que je vais légiféré. J'entasse les preuves et je vais bien finir par le serrer.

Quand je recouvrai la débarcade, Robert et Xavier se pellaient le jonc devant la crèche des poulets.

Mon pote me chopa entre ses pinces et avec sa force de catcheur me démonta les côtes par amitié !

Xavier se contenta de me serrer la louche. Maître Gorce me suivit de quelques minutes. Il se fit discret face à nos retrouvailles. Il me tapota sur l'épaule et souris à mes amis puis s'éclipsa.

Tout se terminait pas trop mal. Franck Nelson allait être libéré dans quelques heures et Ryan Norton lui se voyait inculper de meurtre avec préméditation et séquestration sur Gwladys Bouvier et corruption. Il pioncerait derrière les barreaux le soir même. Dans le P.V., le commissaire Philippe Bouvard indiqua que l'assassin de Guillaume Lamy n'avait pas été arrêté.

Quant à ma pomme, je fus blanchi de la tête aux pieds.

Toutefois, mon bonheur n'était pas complet. Il me fallait tenir Simon dans mes bras et ensuite tout irait mieux.

Je cogitai à cela, quand je repérai la caisse de Sarah. Celle-ci était toute penaude et serrait fortement le cerceau de sa guinde. Elle dit quelques mots puis Simon accourut vers mes zigues et nous nous étreignîmes

- Papa, tout va bien ?

- Bien sûr.

- Tu sais après le passage des policiers chez toi, c'était le bazar. Mais Bouton et Pression vont très bien. Ils n'ont pas été blessés dans la bataille.

Cette réflexion me fit marrer et j'étreignis encore plus fort mon fils Simon contre moi.

Sarah s'approcha de nous et m'embrassa à pleine bouche avec un petit sourire en coin. Mais ça, c'est une autre histoire...

Photo couverture : Laurent Fretille